© 1969, Angelo Pellegrino, pour le texte

© Le Tripode, 2022 pour la première édition

Goliarda Sapienza

LE FIL DE MIDI

traduction de Nathalie Castagné

NOTE DE L'ÉDITEUR

« Si je vous dis la vérité, vous me promettez de vous laisser aider, ensuite ? »

« Je ne promets rien et je n'ai pas besoin de l'apprendre de vous, la vérité. J'ai été folle. »

« Et vous voudriez pour cela vous suicider, disparaître ? » *Comment avait-il fait pour comprendre ? Il valait mieux se tourner du côté du mur et ne plus parler.* « Si vous pensez cela, comme je le soupçonnais, c'est le moment de vous avertir que vous avez déjà essayé de le faire. »

« Je l'ai déjà fait ?

« Oui. »

« Mais je ne m'en souviens pas. »

« Vous ne pouvez pas, parce que dans la clinique où l'on vous a emmenée on vous a fait des électrochocs qui vous ont fait perdre la mémoire… »

Goliarda Sapienza, *Le Fil de midi*, p. 61

Pour qui admire Goliarda Sapienza, il est difficile d'aborder Le Fil de midi *sans une émotion profonde, tant ce récit dévoile l'une des périodes les plus douloureuses et capitales de sa vie. L'évocation de ce texte autobiographique ne peut se faire qu'avec une certaine pudeur, une certaine retenue.*

En 1962, Goliarda Sapienza a trente-huit ans, elle n'a encore rien publié mais a déjà largué bien des amarres : celles qui la liaient à sa terre natale, la Sicile ; à ses parents, tous deux morts depuis une dizaine d'années ; à ses convictions politiques, l'horreur des crimes staliniens ayant produit un douloureux désenchantement ; à sa carrière de comédienne enfin, la recherche de sa vérité et le besoin d'écrire l'ayant convaincue d'abandonner le théâtre.

La crise conjugale qu'elle traverse au début des années 1960 avec Citto Maselli, son compagnon de toujours, la plonge dans un état de dénuement d'autant plus violent. Elle accroît une solitude qui, au printemps 1962, lui sera presque fatale. Le désarroi se transforme en désespoir, le désespoir en tentative de suicide. Sauvée, elle se voit cependant administrer dans une clinique romaine une cure d'électrochocs supposée briser la dépression qui la ronge. Elle n'en ressort qu'encore plus ravagée, détruite physiquement et amnésique au point d'avoir oublié la plus grande partie de ce qu'elle a vécu durant les dix dernières années. Du décès de sa mère au lien qui l'unit à Citto Maselli, elle ne sait plus rien. C'est alors que ce dernier la convainc qu'un psychanalyste débutant, Ignazio Majore, pourra l'aider à se reconstruire.

Le Fil de midi *se présente comme le récit de cette thérapie, et de son échec apparent. La liaison amoureuse qu'elle noue rapidement avec le jeune homme l'entraîne au fil des mois dans un gouffre encore plus violent que celui dont il devait la sortir. Et l'entame du témoignage qu'en fait Goliarda est à l'image de ce qu'elle connaît en cet instant où tous ses repères vacillent : fragmenté, confus, erratique. Il faut croire que, décidant de retranscrire ce qu'elle a vécu, Goliarda Sapienza tient déjà une ligne de conduite qu'elle affirmera bien plus tard dans ses journaux intimes (*Carnets, Le Tripode, 2019*) : pas question* *pour elle d'essayer de démontrer a posteriori une cohérence là où il n'y en a pas, de flatter son ego en tentant de faire croire à la perfection de son intelligence. Non, empruntant un chemin inverse, elle choisit de faire entendre par les moyens de la littérature son chaos intime, sa folie presque.* Le Fil de midi *acte ainsi ce qui sera l'un de ses grands enjeux pour les décennies à venir : mener à bien, sans fard, l'autobiographie de ses contradictions.*

Il revient dès lors au lecteur d'accepter de se perdre dans le désordre que Goliarda Sapienza recrée dans son texte, de vivre à son tour l'errance qu'elle connut pendant ces mois de peur et de déflagrations intérieures. Mais aussi d'en comprendre l'espérance : si l'expérience de Goliarda Sapienza conduira à une seconde tentative de suicide, elle se présente aussi comme un combat, l'occasion pour elle de refonder – dans un dénuement finalement peut-être autant provoqué que subi – un nouvel équilibre psychique.

Ce combat fut-il victorieux ? On peut le croire. Dans Lettre ouverte, *son premier livre, publié en 1967, Goliarda Sapienza écrivait déjà : «Il n'y a rien à faire : pour faire de l'ordre, il faut d'abord toucher le fond du désordre.» Publié deux ans plus tard,* Le Fil de midi *se lit sans ironie comme le parfait aboutissement de ce projet. Non seulement dans le désordre dont il témoigne, mais plus encore dans l'ordre nouveau qu'il inaugure. Il suffit pour s'en convaincre de souligner l'évidence d'une chronologie : à peine* Le Fil de midi *achevé, Goliarda Sapienza se lance dans l'écriture de son chef-d'œuvre,* L'Art de la joie.

L'importance du Fil de midi *réside sans doute aussi dans cette extraordinaire coïncidence et la leçon de vie qui en découle. Pour toutes celles et tous ceux qui ont ressenti l'allégresse qui porte* L'Art de la joie, *il est troublant de comprendre que l'énergie de ce vaste roman a pris racine dans le terreau d'une existence dévastée.*

Goliarda Sapienza avait-elle conscience de cette vérité paradoxale, de l'espace de liberté qu'avait ouvert en elle la dépression ? Cela aussi, on peut le croire. Dans les dernières pages du Fil de midi, *après avoir souri de sa capacité à « reparcourir à quatre pattes le chemin sombre et tortueux qui s'ouvrit béant devant [elle] il y a sept et sept et sept et encore sept mois, à la nouvelle que [son] analyste était devenu fou », elle fait en tout cas, avec une magnifique et riante lucidité, l'autoportrait de la femme qu'elle est devenue, enfin prête à écrire le roman pour lequel elle aura décidément tout sacrifié :*

[Goliarda Sapienza :] modèle luxe, grandit facilement dans tous les climats pourvu qu'on la nourrisse de caresses et de baisers. Particularités : timidité, orgueil sicilien, larmes faciles, douceur, force physique, distraction, manque absolu du sens de l'argent, incapable d'en amasser mais aussi économe. Possibilités de développement : comédienne, clownesse, assistant-metteur en scène, danseuse, écrivain.

Le Fil de midi, p. 118

AVERTISSEMENT

Très souvent, dans sa volonté de retranscrire l'état de confusion qu'elle connaissait alors, Goliarda Sapienza évoque dans Le Fil de midi *ceux qui hantent son histoire par leur simple prénom. Pour aider le lecteur, nous avons repris ci-dessous la plupart d'entre eux en rappelant le lien qui unissait ces personnes à Goliarda.*

Citto : *Franco Maselli, compagnon de Goliarda*
Carlo : *demi-frère de Goliarda, fils de Giuseppe Sapienza*
Enzo Vacca : *amour de petite enfance de Goliarda, lié à sa demi-sœur Licia*
Franca : *Franca Angelini, amie de Goliarda*
Goliardo : *demi-frère de Goliarda, fils de Giuseppe Sapienza, mort noyé, dont elle a reçu le nom féminisé*
Haya : *Haya Harareet, actrice israélienne, grande amie de Goliarda*
Ivanoe : *demi-frère de Goliarda, fils de Maria Giudice*
Jane : *jeune Américaine réfugiée pendant la guerre dans le même couvent que Goliarda*
Jsaya (professeur) : *précepteur de Goliarda durant son enfance*
Licia : *demi-sœur de Goliarda, fille de Maria Giudice*
Libero : *demi-frère de Goliarda, fils de Giuseppe Sapienza*
Lino : *petit voisin de la prime enfance de Goliarda*
Maria : *Maria Giudice, mère de Goliarda*
Marilù : *Marilù Carteny, amie de Goliarda*

Mirella : Mirella Acconciamessa, amie de Goliarda
Nica : demi-sœur de Goliarda, fille naturelle de Giuseppe Sapienza ; grand amour d'enfance de Goliarda
Nunzio : frère de Giuseppe Sapienza, oncle adoré de Goliarda Sapienza
Olga : demi-sœur de Goliarda, fille de Maria Giudice
Peppino : Giuseppe Sapienza, père de Goliarda
Titina : Titina Maselli, sœur de Citto, peintre et amie de Goliarda
Tonello : ami de Goliarda

Rappelons par ailleurs que Iuzza était le diminutif donné à Goliarda Sapienza depuis son enfance.

LE FIL DE MIDI

« Ne va pas dans les vignes sur le fil de midi : c'est l'heure où les corps des défunts, vidés de leur chair, avec une peau fine comme du papier de soie, surgissent de la lave. C'est pour cela que les cigales crient, folles de terreur : les morts sortent de la lave, te suivent et te font perdre ton chemin ; et alors, ou tu mourras de soif parmi les brindilles desséchées par le soleil – brindille sèche toi-même – ou tu ne cesseras plus de penser à eux et perdras la raison. »

1

Nica disait qu'elle les apprenait dans les nuits sans lune, parce que la vie, si la lune est là, ne sort pas du ventre de la terre qu'elle habite. « Tu vois, Iuzza, la vie et la lune se détestent parce qu'elles sont demi-sœurs, et qu'ayant les mêmes défauts elles ne peuvent pas se voir. Tu le sais que pour s'entendre bien il faut avoir des défauts différents, et des qualités et une beauté différentes ? Et alors pour ne pas voir sa demi-sœur et ne pas s'aigrir le sang, dans les nuits sans lune la vie apprend en lisant dans le vieux regard savant du lézard. Si tu écrases un lézard tu n'apprendras jamais l'art de la sagesse, de la prudence, de la malice et de l'audace. En l'écrasant, tu écrases en toi le germe de ces arts et tu ne posséderas jamais rien, ni domaines, ni femme, ni enfants, ni draps et tu seras pour toujours un pantin manœuvré par les autres. »

« Et si le lézard est tellement vieux qu'il peut enseigner à la vie, la vie est vieille de combien ? »

« Seulement de dix et dix et dix et puis encore dix mille ans : une pitchounette. » Eh oui, Nica : il doit en être ainsi. Et si Nica me parle, c'est signe que ma décision, ou mieux mon acceptation de repartir en arrière pour aller de l'avant, est juste : sensée, comme elle disait. Depuis des mois et des mois je n'entendais plus sa voix, je ne percevais plus la douce aspiration du tourbillon de sa voix, je ne suivais plus le rythme de son pas libre, ce pas assuré qui trace toujours de nouveaux, incroyables chemins dans l'herbe piétinée du bois de l'aventure. Et perdre sa voix et le rythme des aiguilles de ses tresses, qui m'ouvrent le passage au travers des buissons épineux des émotions, c'est me perdre moi-même, perdre ma voix, mon ombre, – dans cette promenade solitaire : mon ombre que le cimeterre effilé du soleil au couchant, profitant de ma solitude, peut détacher de moi – et la voir aspirée par le sable perfide et stérile, avide, en attente, dans sa mort éternelle, d'autres morts. « Le sable[1] est comme une femme stérile : il n'a pas d'enfants, ni de lait, et n'en aura jamais, et comme la femme stérile il appelle la mort parce qu'il ne connaît que la mort et que seule la mort le comble. » Eh oui, Nica, si tu n'es pas près de moi, Nica, mon ombre. « Tu vois, Iuzza, comme le veut la tradition des anciens, à partir d'aujourd'hui, où nous sommes mari et femme, tu verras avec mes yeux, tu respireras par ma bouche et je verrai par tes yeux et je respirerai par ta bouche » : ce n'est que si tu te tiens près de moi que je pourrai reparcourir à quatre pattes le chemin sombre et tortueux qui s'ouvrit béant devant moi il y a sept et sept et sept et encore sept mois, à la nouvelle que mon analyste était devenu fou.

Avec ma mère encore statufiée, intacte et inhumaine, mais rassurante avec sa forte poitrine et son front haut et limpide sans une ride, et avec le rythme apaisé de ce train qui élevait en moi un chant de libertés sans limites (rails vibrants, rafales de vent de sud-ouest au parfum de fer et de sel), protégée par la robe de soie noire faite par elle au crochet, avec aussi ce cri « *La mala Pasqua a te*[2] ! » qui, après que je l'eus répété,

---

1. *La sabbia*, en italien : mot féminin. *(Toutes les notes sont de la traductrice.)*

2. « Pâques maudites pour toi ! » Menace et malédiction que lance Santuzza à Turridu qui l'a trahie, dans *Cavalleria rusticana*, de Verga.

goûté, mâché et remâché jusqu'à en saisir la saveur la plus secrète, dormait en moi enseveli par des hivers et des hivers et qui maintenant commençait à se réveiller – ce devait être comme le cri de verre du coq lancé contre l'air du matin et qui retombe en miettes (brisé en un tas de petits morceaux brillants, palpitants de givre), – j'attendais dans le foyer du petit théâtre de la via della Croce, le théâtre Eleonora Duse à Santa Cecilia, égarée au milieu de ces noms légendaires, étrangers, et par ce cri qui battait à mes tempes, j'attendais, en cette journée illuminée du soleil de lustres brillants et tintant d'innombrables minuscules lumières, j'attendais mon tour. Depuis le matin à huit heures, une file interminable avait défilé devant moi, engloutie par l'obscurité d'une porte grande ouverte et muette. Certainement dans cette salle il y avait la scène, une scène du continent. Académie Sainte-Cécile, via della Croce. Le petit théâtre Eleonora Duse. L'Académie royale d'art dramatique, le directeur Silvio d'Amico, un grand critique théâtral du continent, Mme Carini qui avait été une grande comédienne. J'attendais. Ce trou avalait jeunes hommes et jeunes filles, qui entraient avec assurance pour en ressortir la tête basse ou en larmes, ou pleins de superbe par la grâce de quelque mot ou regard rassurant du jury. Une fille sortit en courant et en s'arrachant les cheveux : elle passa à côté de moi en hurlant. « Je n'ai pas été admise. Recalée ! Recalée ! J'ai été recalée, je le sais ! Je vais me tuer ! Me tuer ! Me tuer ! » Quelqu'un me secoua. « C'est à toi, eh, la rêveuse ! Eho, à toi, je te dis, la marmotte : réveille-toi, que c'est l'heure. Eh, t'es sourde ? T'entends pas que c'est à toi ? N'y fais pas attention à cette folle, ça fait quatre ans qu'elle se présente et elle fait ce numéro à chaque fois. Moi, je dis qu'avec l'expérience qu'elle s'est prise toutes ces années, elle devrait y être habituée, à être recalée. » Recalée, folle peut-être. Je criai avec la voix de cette folle : « *La mala Pasqua a te!* » J'avais mal aux genoux sur lesquels, en criant, je m'étais jetée, et au thorax, comme lacéré. J'avais crié trop fort ? Les mains qui me relevaient maintenant étaient nombreuses et chaudes, rassurantes. Ils disaient douée ? Ils disaient talent ? « Bien sûr, la diction est épouvantable, l'accent insensé, mais du tempérament... du tempérament. » Genoux et thorax rompus, j'avais été admise à l'Académie royale d'art dramatique avec une bourse d'études.

2

Mais cette bourse d'études était provisoire. Au bout de trois mois il faudrait que je passe un autre examen pour prouver que ma diction s'était améliorée. Autrement, plus de bourse, et plus de bourse signifiait : retourner en Sicile. Mon père pouvait m'envoyer quelque chose chaque mois, mais il n'aurait pas pu me donner tout l'argent nécessaire. « Du talent, du talent, mais un accent épouvantable. » Je ne savais pas qu'il y avait un bon accent et un mauvais, mais là nous étions à l'étranger et pour eux, ces *o* douceâtres et traînant en longueur, comme en une coulée de soupirs langoureux, ces *e* ouverts qui écartaient la bouche en montrant tout sans retenue, étaient le bon accent et je devais plier mes mâchoires et mes lèvres à ces sons impudiques que je ne connaissais pas chez les êtres humains, mais seulement chez les pigeons ou chez les « petites demoiselles affectées et narcissiques ». Je découvris ainsi, la nuit, devant le miroir corrodé par l'humidité, dans cette pièce informe, aux murs de guingois et embués par les souffles de la faim et de l'humiliation, suspendue en équilibre dangereusement instable sur ces piles de pièces-caisses rongées par la misère résignée des employés et des petits fonctionnaires de la pension de via Goberti, je découvris que ces *e*, bien que je les aie répétés sans relâche, restaient tenacement fermés parce que le son naissait du fond ouvert du palais, presque à côté de la luette. Avec mes doigts je découvris que pour ouvrir tout grand le fond du palais, les mâchoires, presque à côté des oreilles, s'ouvraient comme deux fermetures éclair, et en les ouvrant toutes grandes pour la première fois, véritablement jusqu'au bout, il s'en fallut de peu que je ne reste la bouche démise par la douleur. Ma mère, déjà au lit, lisait, par chance, car j'eus beaucoup de peine à les refermer, et je me glissai sur le côté du lit qu'elle m'avait réchauffé : elle était du Nord et ne souffrait pas du froid : elle se mettait d'abord, elle, de mon côté et réchauffait, ou plutôt asséchait, les draps humides. J'étais vraiment une bâtarde : à Catane, j'avais trop chaud et là sur le continent, trop froid. En bâtarde, soupirant avec résignation, je me blottis dans la chaleur de ma mère sans la regarder : je craignais qu'elle ne vît les larmes qui me coulaient des yeux à cause de la douleur. Réconfortée par sa chaleur, qui asséchait peu à peu jusqu'à mes larmes, je m'étendis et lentement recommençai, avec plus de prudence, à essayer d'ouvrir ces fermetures éclair, en m'assurant avec mes doigts qu'elles s'ouvraient, pour trouver ce *e* ouvert. Je pensai : j'ai dix-sept ans, et si je prononce ces *e* fermés et ces *o* ouverts, c'est parce que je les ai prononcés ainsi pendant dix-sept ans. « Il faut de la technique, mademoiselle Sapienza, pour faire du théâtre ! De la technique ! Jouer la comédie, c'est de l'artifice ! » Donc, si je parvenais (maintenant que j'avais découvert que ça dépendait de ces fermetures éclair et que j'étais parvenue à les ouvrir une fois), si je parvenais à prononcer les mots avec des *e* ouverts, mettons, deux mille, trois mille fois, bref l'équivalent des dix-sept ans que j'étais au monde, *j'y arriverais*. J'y arriverais ! Il suffisait de trois mois. « Quand on apprend un métier, mademoiselle Sapienza, il ne faut pas s'arrêter à ses difficultés : il faut les ignorer, et avec persévérance et patience les affronter jour après jour, comme Roland qui dispersait ses ennemis par la ruse, de façon à n'avoir pas à les affronter tous ensemble, mais un par un avec patience, jusqu'à ce qu'il se fasse son petit tas d'ennemis embrochés sur son épée. Il faut de la patience, de la patience : et essayer et réessayer, sans regarder ni devant ni derrière, ni les résultats. Et puis l'art, comme le printemps qui a mûri tout l'hiver dans le ventre de la terre, fleurit d'un jour à l'autre. » Malgré cette douleur, trois mois n'étaient pas un hiver, je commençai tout de suite : è è è. « Maria, je te dérange ? »

« Non, Goliarda, tu sais que quand je lis je n'entends rien, travaille donc tranquillement. Et puis, le bruit d'un travail ne peut déranger personne. Quel beau bruit, la linotype, tu ne peux pas imaginer ce beau bruit plein de force et de vie, tu ne peux pas l'imaginer, tu ne le connais pas. » *È è è è è è ò ò ò ò ò cièèèèlo cièèèèlo Giòòòrgio Giòòòrgio Giòòòrgio...* jour et nuit je poursuivais ces sons sous la voûte du palais, dans le torrent impétueux de la salive, même si je tombais de sommeil nuit et jour. Je ne pouvais dormir. Je devais faire de trois mois dix-sept années. « Vieux sang rend fort quant à l'esprit mais faible quant au corps. » Mais elle, pour être à la hauteur des actions d'éclat de Goliardo, devant les yeux de Nunzio et seulement pour lui, elle avait mangé beaucoup de pain et de figues cet été-là, pieds nus dans le sable enflammé de Scicli, le pain d'or dans les mains et les figues de ces arbres géants qui « par prodige plongeaient leurs racines dans le sable au lieu de la terre. C'est un cadeau de sainte Marie des Milices aux habitants de Scicli, qui sont habiles et vaillants et qui ne perdirent pas courage ni ne s'effrayèrent quand, chassés de leurs terres fertiles par les Sarrasins, ils arrivèrent là : il ne restait que quelques familles parvenues à échapper au fer et au feu des Sarrasins noirs comme la nuit et aux dents effilées et longues comme des sabres. Ces quelques familles arrivèrent là nues comme des vers et affamées comme des lions et trouvèrent, au lieu de la terre, du sable et de la lave. Mais ces gens ne perdirent pas courage et creusèrent : ils creusèrent la lave en terrasses, ils prenaient la terre au-delà de la montagne et en garnissaient les terrasses, et pendant que les hommes la transportaient de leurs bras nuit et jour, les femmes pleuraient nuit et jour, et ainsi, avec le travail des hommes et les larmes des femmes, la lave et le sable se transformèrent en une terre fertile qui donne les figues les plus douces et le blé le plus dur et coloré du monde. Tu vois comme il est blond et doux le pain ici ? En comparaison, celui de la plaine de Catane, on dirait de la sciure » : et avec le morceau de pain qu'oncle Carmine nous distribuait comme seule nourriture quotidienne, blond et croquant comme un biscuit, grimpées sur ces arbres géants qui nous tenaient comme des bras forts et noueux, assises ou étendues matin et soir sur ces troncs vastes comme des lits, protégées par ces feuilles hautes et serrées formant comme des voûtes de salons verts, nous restions là. Mais on n'avait pas le temps de se reposer longuement, il fallait retourner regarder la mer : la surveiller, comme disait Nica. L'air était limpide, peut-être était-ce le jour où l'Afrique allait se rapprocher de la Sicile. « Elle vient l'embrasser, elles sont sœurs, mais un maléfice a jeté la mer entre elles, et les condamne à rester éloignées, sauf un jour de l'année : mais aucun des vivants et des morts ne sait quand vient ce jour, c'est pour ça qu'il faut surveiller tout le temps. » Nous fixions l'horizon main dans la main, les pieds dans la poudre enflammée du sable, – Nica, ma sœur, quel maléfice nous condamne à ne nous embrasser jamais ? « Où cours-tu ? Obstinée que tu es, obstinée, comme Goliardo. Félicitations, Goliarda, tu deviens forte et robuste, félicitations. » « Félicitations, madame : vous faites des progrès extraordinaires », – ce n'est pas Nunzio. C'est un monsieur distingué et sans âge, assis à côté de moi sur le divan… Pourquoi ce divan ? Dans la pièce du piano il n'y a pas de divan ; et pourquoi m'oblige-t-il à lire les titres de ce journal ? « Du talent, du talent, mais sa diction, quelle horreur ! » « Bien, madame. Et le mot "maman", que signifie-t-il ? Que vous rappelle-t-il ? Il ne vous rappelle rien ? » Je suis en transpiration et j'ai honte. Pourquoi m'appelle-t-il madame ? Je ne comprends pas ce qu'il dit. S'il se rend compte que je ne comprends pas, il va se mettre en colère et hurler. Une autre fois il s'était fâché et mis à hurler, et moi, à ces hurlements, j'avais commencé à trembler.

« Une chaise, vous voyez, madame, ça c'est une chaise. Et cela, c'est un verre. »

« Et qui est cette femme ? »

« Très bien, oui ; cette photographie reproduite sur le journal est la photographie d'une femme. Une mère. Bravo, je comprends que c'est fatigant, mais ne pleurez pas ainsi. C'est déjà très bien : ne vous inquiétez pas, c'est très bien. Encore un petit effort et nous en aurons fini pour aujourd'hui. » Nous en aurons fini pour aujourd'hui : la leçon est terminée. Je pourrai me gratter les chevilles. Les puces piquent, mais je ne dois pas me pencher et me gratter : je dois rester attentive. « C'est un grand intellectuel, Goliarda. C'est une faveur qu'il te fait de te donner des leçons. Donc, s'il te plaît : tu restes immobile et attentive. » La leçon est terminée. Mais où est ma mère ?

« Calmez-vous, madame, calmez-vous : n'y pensez pas. Ne pensez pas à votre mère. »

« Ah oui : elle est en bas, elle fait les valises. Nous devons partir pour Rome. Demain, je crois… »

« Bien sûr, madame. Mais ne pensez pas à votre mère, à présent : essayez d'arrêter votre attention sur vous-même, sur cette pièce. Vous semble-t-il qu'elle ressemble à une pièce de votre maison de Catane ? »

« Non. C'est vrai, non. »

« Ne vous effrayez pas ainsi. Doucement, donc : votre mère a fait les valises et puis vous êtes parties. Vous ne vous souvenez pas d'un train ? »

« Oh si, et maman a aussi pris des œufs durs pour le voyage et du pain et… Non, du café non. Il n'y avait pas grand-chose, et on ne trouvait pas de café : c'était la guerre. Maman en avait tellement envie. Je ne comprenais pas le sens que pouvait avoir cette envie. Je n'avais jamais bu de café, je crois. »

« Bien, madame. Vous avez pris ce train et vous êtes arrivées à Rome, et puis ? »

« Ah ! Oui, j'ai passé l'examen à l'Académie. Oui, j'avais quarante de fièvre ce matin-là. Il faisait tellement froid à Rome. J'ai été reçue tout de même, avec la bourse d'études, oui, mais… » Je sentis mon sang se coaguler en caillots de glace. Il ne fallait pas que je parle : je ne savais pas encore si le *o* de *borsa* était ouvert ou fermé. Il ne faut pas que je parle. Il pourrait s'apercevoir que je ne sais prononcer que machinalement : que les mots de cette courte scène… (ah oui ! la vieille folle de *La Pêche* d'O'Neill). S'il s'en rend compte, il revient sur sa décision de confirmer ma bourse d'études, et me l'enlève. C'est lui qui commande ici. Je passerai pour impolie, mais je ne dois pas ouvrir la bouche. « Bien, bien, jeune fille : tu as fait des miracles. C'est incroyable ! Bravo, ta bourse est confirmée. Eh bien, tu ne dis rien ? Tu peux être contente… » Ce patron se taisait, il me fixait d'un œil et de l'autre épiait parmi les visages silencieux, en attente respectueuse derrière les tables. C'était le patron, et on le voyait à la façon dont ils le regardaient, et lui avait l'œil sur tout (« Les patrons ont cent yeux »). Il attendait une réponse, mais je ne pouvais pas remercier. Le *e* de *sono contenta* est ouvert ou fermé ? Je pourrais dire je suis émue, mais les *o* de *sono emozionata* étaient-ils fermés ou ouverts ? Je ne dois pas ouvrir la bouche.

3

J'avais bien fait de ne pas ouvrir la bouche, même si j'étais passée pour ingrate et impolie auprès de ce monsieur distingué et sans âge (« Tous tant qu'ils sont, les patrons n'ont pas d'âge, ils sont aussi vieux que le pouvoir »). Il me fixe, immobile. Il attend et regarde avec cent yeux. Il m'épie et en même temps contrôle les recoins sombres de la pièce. Le grand lit est là, mais il n'y a plus la commode avec le miroir ébréché. Cette propriétaire enlève chaque jour quelque chose. Nous, la pièce, nous l'avions louée meublée. Et pourtant. Nous payons si peu, et tout augmente de jour en jour. Que peut-on dire ? Et puis ça n'a pas d'importance pour le miroir. Je n'en ai plus besoin pour contrôler ma bouche : maintenant je sais comment ouvrir ces maudites fermetures éclair, et elles ne me font plus si mal. Le grand lit est là. Maria doit être dehors à faire les courses.

« Bravo, madame. Oui, votre bourse d'études a été confirmée. » Pourquoi insiste-t-il tant sur ce *madame* ? Ça me rend nerveuse. La bourse a été confirmée, mais seulement parce que j'ai été rusée, et n'ai pas répondu à cet homme sérieux et distingué. Et maintenant il faut que je lise bien (Non, pas bien, biôn, on ne sait jamais. « Les patrons sont capricieux »). Il faut que je lise biôn !

« Vous faites beaucoup de progrès, madame, mais il faut que vous fassiez encore un tantinet d'efforts supplémentaires. Donc, voyons : votre bourse d'études a été confirmée et maintenant vous prononcez bien tous les mots. C'est vraiment stupéfiant. Vous avez perdu jusqu'à la plus petite nuance d'accent sicilien. Même moi, qui suis sicilien, je n'entends ni une inflexion, ni... »

« Pourquoi n'ouvrez-vous pas les fermetures éclair ? Si vous voulez, je vous apprends. »

« Bien sûr, madame, merci. Je vous en serais reconnaissant, mais plus tard, plus tard. Maintenant nous devons nous occuper de vous et seulement de vous. » S'occuper de moi ? Qu'est-ce que ça signifie ? Il suffit qu'il m'ait confirmé ma bourse d'études. Pourquoi s'occuper de moi ? Cela, je m'en charge. Il parle. En effet ! il est sicilien. Il n'ouvre pas les fermetures éclair. Je ne m'en étais pas aperçue avant, peut-être parce qu'il n'avait jamais parlé avec moi jusqu'ici : il était le directeur et ne parlait pas. Il écoutait ; et maintenant il veut s'occuper de moi. « Entre Siciliens, ils s'aident toujours » : tant mieux. Il a du pouvoir. Je dois le contenter et lire biôn.

« Bien. Vous êtes très forte et courageuse. Donc, voyons un peu : maintenant que vous prononcez bien les mots, voyons un peu... dites-moi, racontez-moi. Vous savez que vous racontez très bien ? Dites-moi un peu, que s'est-il passé après ? Quel rôle avez-vous choisi pour l'examen final ? Vous vous en souvenez ? Essayez de vous souvenir. C'est très important pour nous, maintenant que nous lisons si bien, de nous souvenir. »

« Toujours la vieille folle de *La Pêche* d'O'Neill. Tout le monde était si enthousiaste de ma façon de jouer la folle. Je ne sais pas pourquoi, mais j'ai toujours compris les fous. Ou plutôt, je les ai compris en regardant une folle que j'ai connue. D'habitude les acteurs roulent des yeux, s'agitent... Cette folle restait immobile, le regard toujours fixé sur un point, mettons comme ça sur votre front ou vos mains, pas sur le visage comme les sains d'esprit, – et elle bougeait la tête, elle la balançait comme pour suivre un rythme, interne. Il suffit que ce mouvement d'oscillation soit toujours égal, mécanique, comme… comment s'appelle… oui, comment s'appelle cet appareil qu'on met sur le piano pour battre la mesure ? Il y en avait un dans la pièce du piano, vous vous souvenez ? »

« Le métronome. Vous avez étudié le piano ? » C'est vrai : j'avais étudié le piano. « Oui, et la harpe aussi, j'aimais beaucoup la harpe. Elle me plaisait parce qu'elle n'est pas comme le piano que tout le monde peut étudier, y compris les personnes qui n'ont pas d'oreille. La harpe, si on n'a pas une oreille parfaite, on n'en tire rien, pas même les notes, c'est encore plus difficile que le violon. »

« La harpe ! Très joli. Alors vous aviez aussi une harpe ? »

« Et un violon également. Aussi bien, il n'y avait rien à manger mais pour mon père et ma mère c'était là, comme disait Ivanoe en plaisantant, "des mets de première nécessité". Ivanoe n'avait pas d'oreille, mais il savait tout de même jouer de la musique. Chez moi tout le monde étudiait un instrument. Libero jouait du violon, de la mandoline, de la guitare, du tambourin : il jouait de tout. Même des verres et des fourchettes. À table, il arrivait à créer des sons, des rythmes comme ceux de la musique japonaise. Il avait un grand talent pour la musique. Dommage qu'il soit allé à la guerre et qu'il n'ait pas pu continuer à étudier, à jouer de tous ces instruments. Qui sait pourquoi y penser me fait pleurer… »

« Peut-être, parce que vous ne pensiez plus à lui depuis longtemps, madame. »

« Oui, ce doit être ça. Il est parti à la guerre et je me suis cassé le bras et je n'ai pu retrouver l'agilité d'avant. J'ai arrêté de m'exercer avec lui : de toute façon je serais restée une amatrice… Je déteste les amateurs. »

« Vous êtes un peu trop sévère. Votre mère était sévère ? Mais ce n'est pas ce qu'il nous intéresse de savoir maintenant. Tout cela est arrivé il y a bien des années, en Sicile, à présent c'est Rome qui nous intéresse. Vous êtes à Rome et vous vous préparez pour l'examen final, c'est là-dessus que nous devons nous concentrer. Parlez-moi de cette folle. Vous étiez en train de me dire, me semble-t-il, qu'ils étaient enthousiastes de la façon dont vous l'imitiez… »

« Oui, ils étaient enthousiastes, mais ce n'était pas difficile, je vous l'ai dit. Il suffisait de balancer la tête d'un côté à l'autre, comme ça. Ils n'en revenaient pas, mais moi j'avais vu une folle et je l'avais beaucoup étudiée… Non, je ne me souviens pas où… je ne me souviens pas… » Pourquoi posait-il tant de questions ? Qu'est-ce que ça pouvait lui faire ? « Non, je ne me rappelle pas où je l'ai vue, mais j'ai eu très peur : il me semble que je n'ai pas dormi pendant des mois. Je la voyais toujours… » Avec terreur je vis la pièce s'ouvrir en des couloirs blancs où des files de femmes couraient, muettes, en se cognant contre les faïences blanches des murs. Elles me bousculaient et me tâtaient le visage de leurs mains gonflées et moites. « Non, madame, calmez-vous, laissez, n'y pensez plus. Ne pleurez pas ainsi. Peu importe où vous l'avez vue. C'était un rêve, aussi bien. Ça a sûrement été un rêve. Ne pleurez pas. Parlez-moi plutôt de… »

« Maman est sortie faire les courses, n'est-ce pas ? »

« Oui, madame. »

« Et pourquoi ne revient-elle pas ? »

« Elle viendra bientôt, rassurez-vous. Dites-moi, plutôt, vous alliez à l'Académie et votre mère faisait les courses, et elle faisait la cuisine, aussi ? »

« Oui, très bien. Nous pouvions nous servir de la cuisine et elle cuisinait. Il nous fallait économiser. Je ne sais pas comment elle arrivait à me faire à manger. Nous devions nous débrouiller rien qu'avec ma bourse d'études. Sept cent quatre-vingts lires par mois, c'était peu pour deux personnes. Tout augmentait. Ah oui…»

«Comment, madame? Ah oui, quoi?»

«Oui, mon père a été arrêté. Le télégramme le disait, hier. Je l'ai lu dans l'escalier; il disait : Peppino arrêté ne comptez plus sur aucune aide. Dans l'escalier j'ai eu une peur si terrible que j'ai dû m'asseoir sur les marches. Il y avait six étages à monter. Sans ascenseur. J'avais peur de le dire à Maria, mais quand ma mère a lu le télégramme la peur m'est passée. Même si je ne comprenais pas, ses mots m'ont rassurée.»

«Qu'a-t-elle dit?»

«Elle a dit : Bien, Goliarda, c'est vraiment la fin. S'ils arrêtent tout le monde, c'est parce qu'ils savent que c'est la fin et ils deviennent méchants comme toutes les sales bêtes qui comprennent qu'elles sont condamnées à mort. Ne t'inquiète pas. Nous y arriverons avec ta bourse d'études, et, si nous devons avoir un peu faim, elle sera assaisonnée par la joie de les voir engloutis dans la terreur qu'ils ont semée. Tu verras qu'ils n'auront aucune dignité. Ce sera un spectacle des plus divertissants.»

«Ah oui? Elle a vraiment dit ça? Et après? Qu'est-ce qui s'est passé après?»

«Mais vous le savez!» Pourquoi me demandait-il ce qu'il savait déjà? «Vous le savez : vous êtes venu me voir quand j'étais en prison. Vous le savez. Ils m'ont arrêtée moi aussi, et ils m'ont torturée comme papa… non, pas vraiment comme lui. Lui, ils le battaient, et moi ils me mettaient sous une machine qui me jetait contre des fers pointus. Vous voyez comme je suis encore couverte de bleus? Et puis ils me plongeaient dans l'eau chaude. Mais je n'ai pas parlé. Je ne vous ai pas trahis. J'avais tellement peur quand Citto venait me voir. Mais je ne m'inquiétais pas de cette peur. Papa m'avait dit que lui aussi avait peur, mais ça ne l'avait pas empêché de ne trahir personne… "Nous avons tous peur, Goliarda. Mais avec le temps on apprend à vaincre cette peur" : c'est bien vrai. Et quand Citto venait, je faisais semblant de ne pas le connaître comme Peppino l'avait fait avec ses camarades. Vous êtes un camarade, n'est-ce pas? Je l'ai compris tout de suite, quand Citto vous a amené dans la cellule. Excusez-moi, d'ailleurs, de ne vous avoir rien dit ce jour-là : mais je voulais être sûre. Mais pourquoi, si vous êtes l'un de nos camarades, m'appelez-vous madame? Excusez-moi, mais il faut que je vous le dise : ça m'a toujours rendue méfiante. »

« Bien sûr. J'essaierai de vous l'expliquer. Je fais un métier qui… Je suis médecin, et alors, fréquentant pour des raisons de travail des personnes de tous les milieux et de toutes les idéologies, je suis obligé de les vouvoyer. Ce n'est pas comme vous qui, vivant dans un milieu plus libre, pouvez… »

« Vous êtes médecin des enfants ? »

« En un certain sens, oui. »

« Ce doit être beau. Moi aussi je voulais être médecin des enfants, mais je dormais tout le temps à l'école. Comment avez-vous réussi à me faire sortir ? »

« Eh bien, Citto a été très habile. »

« Citto est un fidèle camarade. »

« Mais aussi votre mari, madame, vous avez oublié ? »

Mon mari? Je n'attendais pas de mari. Je n'étais pas une femmelette et pour cette raison le sang ne me venait pas, avec les douleurs qui l'accompagnent : cet homme, tout médecin ou camarade qu'il fût, mentait. C'était un menteur. Je ne devais plus le voir, et je le lui dis. Je ne devais plus le voir! Je n'étais pas une femmelette et je n'avais besoin ni de lui ni de personne. Comment se permettait-il, avec ces monsieur, ces madame, ces baisemains, cet air distingué, d'insinuer de pareilles choses! Citto était un camarade à moi et : « Allez-vous-en! Je vous ai dit de vous en aller! » Il s'en alla, mais le lendemain il se présenta avec le journal et les mots croisés. C'était vraiment un type étrange. Il voulait à présent que nous fassions des mots croisés ensemble : je voulais le chasser de nouveau, mais ce matin-là mon drap taché de sang me fit vomir sur le lit : et puis je lavai ma chemise et les draps. C'était la deuxième fois que venait ce sang, et ma mère m'avait assuré que ce n'était pas une chose si terrible, – la nature, c'est beau d'être femme, être femme ne voulait pas dire être une femmelette : je pleurais comme la première fois, ça n'avait servi à rien de s'entraîner avec Carlo là-haut sur la terrasse avec la corde à sauter et les gants de boxe ; ça n'avait servi à rien ; ma mère avait raison : j'étais une femme et Citto n'était pas seulement un camarade.

« Nous sommes ensemble depuis seize ans, dites-vous ? »
« Oui, madame. »

4

« Vous en êtes sûr ? »

« Absolument, madame. Depuis seize ans. »

« Mais je ne me rappelle pas quand nous nous sommes mariés. J'ai cherché dans mes souvenirs toute la nuit : je ne me souviens d'aucune cérémonie, d'aucun… »

« Calmez-vous, madame. Ne faites pas d'efforts comme ça. La nuit, vous devez dormir. Laissez les souvenirs revenir tout doucement. Permettez-moi de vous aider : comme ça, vous vous éreintez. La nuit, vous devez dormir. Ayez la bonté de me laisser la charge, de jour, de vous faire vous souvenir. Vous ne pouvez vous rappeler aucune cérémonie, parce qu'il n'y a eu aucune cérémonie. Vous n'êtes pas mariés en ce sens-là : mais vous vivez ensemble comme mari et femme. » « … *vous vivez ensemble comme mari et femme…* » Maintenant, Iuzza, nous nous marions et nous vivrons ensemble, pour toujours, comme mari et femme. *Maintenant tu fais l'homme et moi la femme… Mais moi je ne sais pas faire l'homme, Nica : ne te mets pas en colère.* Elle n'était pas en colère et c'est elle qui fit toujours l'homme. Elle n'était pas en colère, elle riait en disant : « Tu es trop gentille, Iuzza, trop gentille : tu mourras jeune comme Goliardo, ou alors tu iras en prison. »

Oh, heureusement : dans cette prison ils doivent m'avoir fait quelque chose qui m'a fait perdre la mémoire. Ils sont bien outillés et évolués, ces fascistes. À force de les singer, ils ont appris plein de choses de leurs amis nazis. Heureusement ! Je craignais de découvrir, non seulement que je m'étais mariée, mais encore que je m'étais mariée à l'église, et peut-être même avec voile blanc, bénédiction et tout. On ne sait jamais. Nombre de mes amis, *rebelles*, l'ont fait avec l'excuse de leur maman qui meurt de crève-cœur, leur grand-père, leur oncle, leur concierge, que sais-je! Le professeur Jsaya avait bien raison. Nous sommes la génération du fascisme. Giulio dit la génération d'or : je dis la génération de merde. Vingt-quatre : je me suis souvenue que je suis de vingt-quatre ; comme disait le professeur Jsaya : « Eh, Goliarda, on n'échappe pas au fait d'être né en vingt-quatre. » Heureusement…

« Mais vous êtes vraiment convaincue à ce point que si vous vous étiez mariés comme tant d'autres, ne serait-ce que seulement à la mairie, ç'aurait été une telle catastrophe, madame? Vous n'avez pas l'impression d'exagérer un peu? À moi, il me semble que ça vous aurait peut-être donné un plus grand sentiment de sécurité, de protection. Vous êtes une femme, madame, même si vous vous êtes entraînée à boxer pendant des années avec votre frère… »

« Mais que dites-vous? Mais qui êtes-vous? Vous n'êtes pas un camarade, si vous parlez ainsi. Il ne faut pas se marier, tant que le divorce n'existera pas. Il ne faut pas accepter ces lois barbares. »

« C'étaient les idées de votre mère? »

« Ce sont les idées de ma mère. Pourquoi dites-vous c'étaient? » Il était vraiment bizarre, cet homme, sans âge et plein de correction. Si plein de correction que… Trop plein de correction! Il fallait que je me méfie. Et si c'était quelqu'un qui menait un double jeu? Il y a quelque chose qui ne va pas : il porte une alliance. Il est marié, et peut-être même à l'église. Il faut que je me méfie : j'ai déjà suffisamment parlé avec lui.

« … Bonjour, madame. Enfin je vous vois debout. Ça me fait plaisir, vraiment plaisir. »

« Je ne suis pas debout. Je suis assise. Ils doivent m'avoir sérieusement tabassée dans cette prison. Je ne suis pas debout. »

« Mais assise, habillée : c'est déjà un progrès. Donc, vous ne me dites rien aujourd'hui, madame ? Vous savez que votre conversation est un plaisir ? Vous racontez très bien. » Eh ! je veux bien le croire que ça lui plaît quand je parle ! Il faut que je me méfie. Qui sait ce qu'il a l'intention que je cafarde. Mais si je me tais, il va avoir des soupçons : la seule solution est de parler de choses frivoles. Mais lui ne parle pas : il est rusé.

« Comme vous le savez, j'étudie pour devenir comédienne : aussi est-il logique qu'au moins je sache parler. À force d'apprendre comme un perroquet toutes ces tirades, même si on n'est pas très intelligent ou spirituel, quelques miettes de la pensée des autres vous restent sur la langue, et on peut les faire passer pour siennes. Mais je vois que vous croyez dans le sacrement du mariage : je vois que vous portez une alliance. Ça aussi, en plus de vos *madame* et de vos *baisemains*, vous le faites parce que vous êtes médecin ? Il me semble que vous êtes contraint par bien des choses. »

« Bien, bien. Je vois que vous commencez à vous souvenir de nos conversations, et de ce que je vous dis. Bien. »

« Évidemment que je me souviens. C'est hier que vous m'avez parlé de votre profession. »

« Non, madame, pas hier : il y a trois mois. »

« Il y a trois mois ? Et vous êtes souvent venu dans ces trois mois ? »

« Tous les jours, sauf le samedi et le dimanche. »

« Mais je… je ne me souviens que de deux, trois fois. Et pourquoi tous les jours ? »

« Votre mari m'a demandé de m'occuper de vous. »

« Arrêtez, s'il vous plaît, de l'appeler ainsi, et enlevez cette alliance. Elle me dégoûte ! Et puis pourquoi devriez-vous vous occuper de moi ? Je ne suis pas une enfant ! »

« En un certain sens, temporairement, disons, si. »

« Je ne veux plus parler avec vous ! Je ne crois pas que Citto vous ait chargé de cela, et sans me demander si j'étais d'accord ou pas. Quand il reviendra, je le lui demanderai. Allez-vous-en. »

Il s'en alla. Il s'en allait toujours quand je le lui demandais, et même si je le lui criais de façon désagréable il ne s'offusquait pas : il ne souriait pas, ni ne se laissait jamais aller à quelque autre mimique méchante. Il ne souriait pas, mais on voyait qu'il n'était pas offensé. Qui était-il, et pourquoi ne s'offensait-il pas ? Que s'était-il passé dans cette prison ? On m'avait fait quelque chose qui m'avait fait perdre la mémoire : c'était clair maintenant. Je ne savais pas à qui poser la question. À Citto, je n'osais pas. Peut-être m'avait-on détruite pour toujours. Caggegi, lui aussi, quand il sortit gâteux de la pension Iaccarino[3], ne se remit jamais. On m'avait démolie pour toujours, comme lui, et ce monsieur le médecin devait être une sorte d'argousin. Espérons qu'il ne s'est pas offensé ; et qu'il reviendra demain.

Personne ne répondait, c'étaient toujours eux qui parlaient, et toujours à haute voix, et ils étaient si grands… Seul le professeur Jsaya répondait à mes questions, il n'y a qu'à lui que je pouvais en poser. Espérons qu'il ne s'est pas offensé et qu'il reviendra demain. Citto, lui aussi, répondait à mes questions, avant, – mais hier, quand je lui ai demandé

---

3. Lieu de détention et de torture où sévissait, dans les années de la république de Salò, la section spéciale de police dirigée par le fasciste Pietro Koch, péjorativement appelée la « bande Koch ».

s'il était vrai que nous vivions ensemble depuis seize ans, il a éclaté en sanglots. Alors je ne pouvais plus rien lui demander. Dieu, comme il avait pleuré ! Qu'ont-ils pu me faire ? Il faut que je travaille le monologue de *La Pêche*. J'ai peu de temps. Il reste peu de temps avant l'examen final. On sentait dans l'air qu'il restait peu de temps. On sentait dans l'air, devenu brusquement chaud, plein de fièvre, qu'on était en train de sortir de ce long hiver sans sommeil de salles et d'estrades poussiéreuses. Ce long hiver s'achevait : on le percevait à la lumière qui se faisait de plus en plus persistante, au ciel qui se faisait de plus en plus haut et brillant. Le ciel de Rome haut et sans poids : je ne savais pas que le ciel pouvait être aussi léger, qu'il fût aussi facile de le porter sur son dos. Le ciel du Nord. La glycine dans le jardin de l'Académie, où l'on sortait pendant les dix minutes de pause entre un cours et un autre, avait fleuri en une nuit : en une nuit elle était sortie de la cruauté de l'hiver. La poussière des estrades, le parfum poussiéreux de la glycine, m'entrait dans la bouche, doux et amer, tandis que je parlais avec Silverio, Vittorio, Tonino, Valeria. Qui sait si Valeria étudiait encore le piano ? Dans ma bouche entrait le parfum sec de poudre de ces fleurs (Rome était pleine de ces fleurs) : il m'entrait dans la bouche et avait un bon goût inconnu comme ces *e* ouverts et ces *o* fermés et longs comme la couleur et le parfum de ces fleurs romaines. Je pouvais le savourer maintenant, je pouvais parler. J'avais toujours un peu peur, mais les quelques mots qui me servaient pour répondre à mes amis, je savais les prononcer. Il me restait peu de temps pour perfectionner ce monologue, – et s'ils m'ont fait perdre la mémoire avec ces tortures, comment vais-je faire pour jouer ? Je suis une comédienne, et une comédienne sans mémoire ne peut être une comédienne. Pour une comédienne la mémoire est le don essentiel. « Une comédienne, mademoiselle Sapienza, peut avoir du talent, de l'imagination, une belle voix, une belle allure, mais si elle n'a pas de mémoire il vaut mieux qu'elle n'aborde même pas cet art. Et pas seulement la mémoire des mots : elle doit avoir la mémoire des visages qu'elle a vus, des expressions qu'elle a remarquées ; il faut tout épier, et tout le monde : y compris les gens qu'on rencontre dans le tram. Voir et engranger, mettre de côté, à l'intérieur de soi, toutes ces expressions et ces gestes. Comment se parlent ces amoureux, comment pleure cette vieille à la gare en disant au revoir, – pour ensuite les tirer dehors au moment voulu et les refaire, les copier comme on les a vus. » Que m'a-t-on fait ? Qui me disait toutes ces choses ? Et comment puis-je faire pour me souvenir, pour retenir un rôle, si je ne me rappelle pas le visage de la personne qui me parlait ainsi ? Comment puis-je me souvenir si je ne me souviens pas de son expression ?

Et tous ces vêtements ? Citto a dit qu'ils sont à moi. Je ne les reconnais pas. Hier j'avais une jupe marron et un chandail gris, et je ne portais pas ces talons hauts : mieux, pour ne pas porter les chaussures orthopédiques qu'on met aujourd'hui, hier justement je me suis acheté une paire de chaussures de garçon. La pointure d'un garçon de douze ans, et elles ont plu à tout le monde, à l'Académie. Mais je ne sais pas comment j'ai pu acheter toutes ces soieries avec seulement sept cent quatre-vingts lires. Ça suffit. Il faut que je me souvienne de tous les mots de ce monologue. Le temps presse : dehors, l'air est impatient, plein de fièvre, en attente. Le ciel haut, léger. L'air et le ciel libres et parfumés. Le parfum de Rome : le parfum de ce jour mauve, vibrant. Le parfum de l'examen final.

5

… si j'essayais de me souvenir mentalement des premiers mots du monologue et de leur prononciation exacte, le reste viendrait de lui-même ; je le savais : réconfortée par le bruit ouaté, comme un halètement profond, souterrain, de la foule derrière le rideau encore fermé. Enfin un public, un vrai théâtre, après cette année d'estrade mortifiante. Ma mère était au milieu de la foule. Il n'y avait plus de danger pour la bourse d'études, mais je devais être plus que bonne. Il y avait les critiques, les acteurs les plus importants du continent, et si quelqu'un me remarquait je pourrais entrer dans une vraie compagnie, en professionnelle. Je savais parler maintenant, et avec cette bourse d'études pour tout revenu la faim était devenue insupportable. Maria maigrissait, et n'avait plus un livre à lire : elle avait lu jusqu'aux livres policiers du fils de la maîtresse de maison qui moisissaient dans la poussière du couloir sombre entre des soldats de plomb et des bonbonnières intouchées, avec leurs dragées de cérémonies et cérémonies au rabais et sans joie. Il fallait qu'on me remarque et que je gagne de l'argent pour elle. Le fascisme ne tombait pas et Peppino n'écrivait plus de sa prison, peut-être l'avaient-ils tué. « Nous ne savons plus rien. Quand on l'a fait sortir dans la cour pour l'heure de promenade la première fois, tous les détenus de droit commun qu'il avait défendus autrefois et qu'il allait trouver pendant que je l'attendais assise dans le square devant la prison, ont chanté pour lui *L'Internationale*, hurlant et criant tellement qu'on ne l'a plus vu, pas même à

l'heure de promenade. Après nous n'en avons plus rien su. »
Rien. Ils l'avaient sûrement tué. Tremblant de cette certitude qui enflait dans mon sang, je fixai un point indéfini mais précis du parterre et commençai le branlement de tête qu'avait cette folle : ce branlement continu, précis et monotone à peine esquissé entraîna des applaudissements longs, compacts, de tout le public. Maria, émue, s'approcha au milieu des visages qui se tendaient vers moi pour me féliciter. *Elle s'approchait, elle fixait un point indéfini mais précis sur ma tête : les yeux enfoncés sans orbites, effrités sur le front et les tempes osseuses et gonflées de serpents agonisants : elle balançait la tête, sans me voir maintenant du fond du couloir blanc de carreaux de faïence, tapissé de corps et de visages tordus de femmes aux bouches grandes ouvertes, aux jambes écartées, aux mains nouées en cent nœuds l'une à l'autre, aux cheveux morts et frémissants comme des fils à haute tension. Elle me parlait, maintenant : « Il est inutile que vous continuiez à venir ici pour raconter de pieux mensonges. Je n'ai pas besoin de réconforts inutiles, trompeurs. Goliarda a été prise par les fascistes, comme Licia, Olga, Ivanoe, et ils sont en train de la torturer, je le sais. Allez-vous-en. Que croyez-vous faire ? Je n'ai pas besoin de vos pieux mensonges, de votre fausse compassion. Dites-moi, vous êtes bien payée pour faire ce travail de réconfort ? Je l'espère pour vous, ce ne doit pas être un travail bien amusant, mais je n'en ai pas besoin : je ne crains pas la vérité. C'est la vérité que je veux. Je ne veux rien d'autre. Allez-vous-en ! »*

« Mais maman, c'est moi, Goliarda. Je suis là : tu ne me vois pas ? Les Allemands ne m'ont pas prise. Le fascisme est tombé et les Allemands s'enfuient de Rome, tu n'entends pas les roues des tanks qui s'enfuient vers le nord ? »

« Ne soyez pas stupide, vous n'êtes pas Goliarda. Goliarda ne pleure jamais et n'a pas ces yeux larmoyants et stupides.

Et cela, c'est le bruit des bombes américaines. On est en train de torturer Goliarda dans l'autre cellule. Vous n'entendez pas comme elle crie ? Elle a crié comme ça toute la nuit. Elle va mourir. Mais eux aussi, ils meurent sous les bombes des Alliés. » Balançant la tête et fixant un point indéfini et précis sur la mienne elle s'approchait, la bouche effrangée par un humble sourire, grande ouverte par ses dents oxydées, par le souffle asséché de l'obsession : « *C'est ma faute si le fascisme a fauché tant de victimes et si Goliarda, Licia, Olga sont mortes. Je n'ai pas été assez habile pour le tuer, ce traître. Il fallait que je le tue tout de suite, le soir même où il a prononcé ce "Qui m'aime me suive", mais le camarade Carlo Civardi a fait volte-face, et s'est rangé à son côté, et mon attention a été retenue par cette trahison que je ne croyais pas possible chez cet homme loyal, chez le père de mes enfants. La trahison se niche en l'homme avec lequel on vit, en vos enfants, en elle, en moi. Je n'ai pas été suffisamment habile et maintenant je me punis. Je ne touche plus à la nourriture, rien qu'à la merde. C'est ma punition, jusqu'à ce que, pleine de merde, on me donne en nourriture aux chats. Vous voyez combien il y en a dans la cour ?* » Ma mère s'approchait maintenant dans la foule, et souriant de son vieux sourire ironique et confiant : « *Tu as été très bonne, Goliarda. Tu es une vraie comédienne. Tout le monde le dit. Tout le monde le dit.* »

« Vous racontez vraiment bien, madame, c'est un plaisir de rester à vous écouter. » (Qui était cet homme ?)

Oui, le fascisme était tombé et j'avais appris de la tête de ma mère cette oscillation rythmée et toujours égale.

« Dites-moi la vérité, que s'est-il passé ? Dites-moi la vérité. Je n'ai pas peur de la vérité. Le fascisme est tombé, et alors pourquoi ces tortures ? Dites-moi la vérité. J'ai été enfermée parce que j'étais folle ? Folle comme ma mère ? Dites-moi la vérité. »

« Non, madame, rassurez-vous. Vous avez juste été malade. » Très malade. Pourquoi Citto, à présent, me regarde-t-il avec le visage que j'avais, moi, quand je suis allée voir la première fois ma mère dans cette clinique ? Il me regarde de la même façon et dans ses traits se devine ce tressaillement blême que suscite la vue de la folie. Ils mentent par pitié, lui comme ce médecin. Il me regarde avec mon visage d'alors, dans cette clinique en dehors de Rome, et sûrement, maintenant qu'il s'est levé et qu'il est sorti précipitamment par la porte, il courra dans les rues en pleurant : sans autobus, il devra faire des kilomètres et des kilomètres à pied en pleurant pour arriver à l'Académie et quand il sera là-bas, il ne pourra ouvrir la bouche et il continuera à pleurer devant tout le monde et on le mettra dehors. « Mais qu'est-il arrivé, mademoiselle Sapienza, pour que vous ne vous souveniez pas de vos répliques ? Vous êtes souffrante ? Allez, allez dehors prendre un peu l'air. Mademoiselle Curci, accompagnez-la, s'il vous plaît... » Non, on ne m'avait pas mise dehors, mais je risquais chaque jour de l'être.

Mais Citto ne doit pas risquer. Et si j'ai été folle : même si maintenant je vais mieux, j'aurai un nouvel accès de folie. Je savais, en raccompagnant Maria derrière ces barreaux, que je m'étais illusionnée : ils ne se rouvriraient plus devant nous avec leurs gueules tordues et affamées. Dieu ! que de fois je l'avais accompagnée, les membres tordus en un amas pesant et rigide, noués par l'obsession comme le fer de ces barreaux, et que de fois je l'avais vue sortir de là avec sa démarche d'autrefois, lente et souple, et son sourire recomposé, ironique et doux. Mais je n'espérais plus : je savais maintenant, et il ne restait qu'à attendre. J'épiais jour après jour, heure après heure. Ces traits pacifiés en flots calmes de mer étale cachaient des rafales de vent de tempête ; je savais qu'ils allaient bientôt se décomposer ; je ne me laissais plus tromper par leur calme : je savais qu'ils seraient mis en pièces par les lourdes bourrasques livides de la folie. Je n'arrivais plus à apprendre par cœur ces mots qui, maintenant, depuis que je guettais, attendant que ce visage se décompose, me restaient dans la bouche comme une nourriture sans sel, impossible à avaler ou à vomir…

J'avais été folle : c'était clair ; mais je ne subirais plus ces tortures dont on dit qu'elles peuvent guérir et qui au contraire détruisent lentement, délabrent les tissus et la pensée, ne faisant que prolonger l'agonie. Non, je ne les subirais plus et je ne ferais plus subir à Citto je ne sais quel visage distordu qu'il avait dû regarder. Il ne fallait plus qu'il coure dans les rues en pleurant. Mais maintenant, il me regarde comme je regardais ma mère.

Je ne pouvais supporter ce regard. Je devais disparaître.

6

Et pour disparaître, pour me soustraire au nouvel accès qui allait venir à coup sûr, il me fallait recueillir le soir ces comprimés qu'on me donnait pour dormir. C'était facile : je les faisais glisser sous ma langue, je faisais semblant de les avaler et, une fois la lumière éteinte, il était aisé de les recueillir et de les cacher. Dans l'obscurité, je les faisais entrer dans le protège-livre qui se trouvait toujours sur la table sous le front serein et réconfortant de Tchekhov. Il restait l'amertume de ces petites pilules blanches dans ma bouche, mais ce front souriait, protégeait mon salut. Il y fallait du temps : une nuit, deux nuits. Je comptais les nuits et les comprimés : « Allons, chère madame, voulons-nous compter de nouveau ? Un deux trois quatre cinq, et combien font cinq plus cinq ? » Tchekhov cachait cinq pilules, cinq nuits, encore cinq nuits et ça en ferait… « Dix. »

« Bien, vous faites des progrès extraordinaires. » Dix nuits, dix pilules, mais il fallait trop de temps. Si du moins j'avais pu sortir ; mais j'avais les jambes trop maigres : elles ne me soutenaient pas. « Il faut faire quelque chose. Elle maigrit trop, cette gamine ; elle n'a que la peau sur les os, cette gamine. Il faut faire quelque chose. » Sœur Maria s'inclinait sur moi : elle était plus belle que Licia, et même que Greta Garbo : elle me tenait le cou, et la lumière bleue du soleil artificiel était comme le vrai soleil. Ils étaient étranges, ces grands : d'abord, ils m'avaient écrasée sous la machine qui descendait du plafond, et maintenant ils me tenaient sous ce soleil qui guérissait, ou me redonnait des forces, selon leur bon plaisir. Après, quand je serais devenue plus forte, ils me ramèneraient dans cette pièce immense et m'y écraseraient une autre fois. Ils s'amusaient, comme Lino. « *Viens, jouons au médecin et à la malade... maintenant tu t'allonges... tu attends un enfant et je te le fais sortir de sous ta jupe... enlève ta culotte... tu ne sais pas d'où sortent les enfants ?* »

« *Bien sûr que je le sais, du nombril !* »

« *Crétine... tu parles d'un nombril : regarde.* » *La poupée sortait de sous la robe.* « *Votre fille est très malade, madame : il faut l'opérer immédiatement...* » *Avec son couteau il taillait maintenant le ventre, et en tirait des fils et des fils.* « *Voilà les intestins : il faut les couper... Et voilà le cœur...* » *Tremblante, je voulais lui arracher ce cœur brillant qui lorsqu'on appuyait dessus disait maman maman. Mais lui, en riant, me fit tomber contre la porte en me poussant :* « *Crétine... femmelette... si tu continues à pleurer je t'opère aussi !...* »

« *Iuzza, tu descends jouer ?* »

« *Non, je ne veux pas me faire opérer.* »

« *Je ne veux pas t'opérer. Je veux te donner la poupée. Je l'ai guérie : regarde.* » *En effet son ventre était recousu, mais quand je la pris dans mes bras elle ne disait plus maman.*

« *Mais elle ne parle plus !* »

« *Bien sûr, après une opération il y a toujours quelque chose qui ne va pas. Viens, donne-la-moi : voyons si avec une autre opération...* » *Je lui arrachai la poupée des mains et courus dans ma chambre : mais il lui avait déjà fendu le ventre avec ses ongles et les intestins et le cœur muet sortirent d'un bond : elle était morte. Je ne voulais plus le voir. Lino était méchant comme les grandes personnes. Le voici qui m'appelle de la cour. Mais cette cour n'est pas celle de la via Pistone : il n'y a pas* de *bassi*[4] là où se trouvent les bacs pour laver : seulement des arbres, des plates-bandes. Alors je ne suis pas née à la Civita, je ne suis pas une *intranghiti*[5]. À qui puis-je demander ?

« Professeur, excusez-moi, savez-vous si je suis née via Pistone, au numéro vingt ? »

« Bonjour, madame, comment allez-vous ? Je vous vois troublée. Pourquoi donc m'appelez-vous professeur aujourd'hui ? »

« Vous ne vous appelez pas Jsaya ? »

« Non, madame, je ne suis pas un professeur : je suis un médecin, mais... dites-moi, cela m'intéresse, dites-moi, qui était ce professeur Jsaya ? » C'est vrai, lui, c'est le médecin des fous et pas le professeur Jsaya.

« C'était mon professeur, il me donnait des cours particuliers et je voulais lui demander... vous voyez... Je me suis souvenue d'une maison avec un jardin : je crains de n'être pas née à la Civita, parce que quand Lino m'appelait pour jouer j'étais très petite... Pour moi il est important de le savoir, je suis une *intranghiti* ? Excusez-moi, mais il faut que je m'informe, que je demande... »

« Nous nous informerons. Ne vous inquiétez pas. Je vous aiderai. Essayez de vous souvenir : je suis ici pour vous aider. »

« Quand mes frères voulaient me faire pleurer pour montrer à leurs amis comme j'étais sensible, ou ils me chantaient *Maman, murmure la fillette*, vous connaissez cette chanson ? ou, sans me regarder, ils commençaient à parler

---

4. Logis misérables constitués d'une pièce aveugle, situés au rez-de-chaussée, typiques de l'Italie méridionale.

5. De la 'Ndranghetta, mafia calabraise, et ici équivalent en effet de *mafiosa*, pris dans un sens élogieux ; on pourrait interpréter par « hors-la-loi », même si en sicilien *mafioso* veut d'abord paradoxalement dire « beau ».

de moi, de là où j'étais née, Libero disait : Comment, tu ne le savais pas ? Mais oui, Iuzza est née à Carrupipi ; et Carlo répondait : Mais non ? ce n'est pas possible ! ce n'est pas possible ! heureusement que personne ne le sait, ce serait une honte pour notre famille... – et moi naturellement je me mettais à pleurer et crier. Mais c'était un jeu, ils plaisantaient, Licia me l'a dit en me relevant, et en chassant Carlo et Libero et leurs amis de la pièce. Quand quelque chose n'allait pas, je me jetais par terre : il me semble n'avoir rien fait d'autre, enfant. Me jeter par terre et pleurer. Puis quelqu'un me relevait et je me jetais de nouveau par terre. Je n'ai rien fait d'autre. Avec Citto aussi. Ça devait être il y a un mois : pas ici... Où étions-nous ? Je me suis jetée par terre... Vous avez raison, nous étions dans un hôtel et nous dormions ensemble et il m'a dit... non, pas que j'étais de Carrupipi : il m'a dit... je ne me souviens pas. Mais qu'est-ce que nous faisions dans cet hôtel ? »

« Peut-être y êtes-vous allés pour des raisons de travail. Vous travaillez avec votre mari, madame. Vous ne vous en souvenez pas ? Ne vous inquiétez pas comme ça. Dites-moi plutôt pourquoi entendre que vous étiez née à Carrupipi vous faisait pleurer ? »

« Vous ne le savez pas ? Carrupipi, c'est Caltagirone, où est né Scelba[6] : c'est le pays des prêtres et des *cantri*[7], donc

---

6. Homme politique démocrate-chrétien (1901-1991), violemment anticommuniste (mais également antifasciste) et répressif, mais dont le premier défaut, ou même la tare définitive, aux yeux des socialistes révolutionnaires que sont les frères de Goliarda et Goliarda elle-même, est sans doute d'avoir été formé par un prêtre.

7. Contraction de *cantari*, pots de chambre de céramique, le terme plus courant étant *pitali*, à partir de quoi se fait le jeu de mots : *pitali-peti* (« pets », comme on l'aura compris). On pourrait jouer avec l'association poteries-pèteries.

les habitants sont tous des enfants de curés et pètent tout le temps. Mais c'était une plaisanterie. » À qui pouvais-je demander ? Lui, c'était un médecin : je ne connaissais pas encore le professeur Jsaya. À Nunzio, peut-être, assis dans l'antichambre avec sa canne-épée ; bien sûr :

« C'est vrai que je suis née à Carrupipi ? »

« Mais que dis-tu, Iuzza ! Y a rien que des enfants de curés là-bas ! Et même s'ils se sont changé le nom de leur ville ils n'ont pas réussi à faire place nette de tous les prêtres qui poussent dans ces parages comme le pavot, et font toujours des *cantri*… »

« Ah, tant mieux ! Mais avant ici, je me souviens d'une maison avec un jardin : je n'y serais pas née par hasard ? »

« Mais qu'est-ce que tu dis ! Tu es une vraie *intranghiti* comme Goliardo et nous tous. Et même, plus que nous, parce que tu es née piazza Cappellini, dans cette villa devant le marché aux poissons. Tu te souviens ? Un de ces jours je t'y emmène. Tu as appris à marcher au milieu des pêcheurs. Cette maison avec le jardin était une maison où Peppino s'est retrouvé un moment après ta naissance. Mais ce n'était pas un endroit pour lui : il voulait rester parmi les siens, et c'est pour ça qu'il a acheté cette maison qui lui convient mieux, et où ça n'impressionne pas les travailleurs et les clients d'entrer. » Ils n'étaient pas impressionnés d'entrer, c'était vrai. Par la porte et par la porte-tambour grande ouverte entraient l'un après l'autre des hommes avec un béret marron et des femmes avec leur châle noir : et l'un après l'autre ils s'arrêtaient devant le cercueil recouvert d'œillets rouges. Les jeunes de la section parlaient dans la pièce du piano et se passaient la bouteille de vin. Nica pleurait en un chant. Et ce prêtre de Carrupipi voulait sûrement convaincre Libero de faire passer le cortège funèbre devant l'église du quartier pour que le cercueil s'arrête un moment, seulement un moment pour la bénédiction. Nica fait le signe de croix. Libero se lève, attrape ce prêtre tout noir, et l'éjecte par la porte-tambour en le faisant rouler de tout son poids. Et dégringoler les escaliers! Des applaudissements ont éclos du silence de la veillée comme au théâtre. La file de personnes devant le cercueil applaudissait sans lever les yeux, seules quelques femmes firent le signe de croix.

« Donc, madame, vous avez su si vous êtes née à la Civita ? Je vous vois soulagée. »

« Oui, mais c'était une sottise : c'est juste que mon père est mort, et que dans quelques jours je devrai aller à Catane pour la vente de la maison. »

« Bien. Comment allez-vous, madame ? Vous avez encore pleuré : je vois que vous avez les yeux rouges. C'est pour votre père ? »

7

« Pour mon père ? Non, pourquoi devrais-je pleurer pour lui ? Il est mort comme il le voulait. Nous les Sapienza nous mourons tous jeunes, du cœur, et cela n'est rien : mais mon père était obsédé, et c'était peut-être la seule peur qu'il avait, par l'idée de rester paralysé comme oncle Giovanni. Pendant dix ans il est resté sur une chaise à attendre la mort. Comme disait oncle Nunzio, nous les Sapienza nous sommes des gens d'action et si l'action nous manque, il vaut mieux mourir. Mon père aussi m'a dit, l'an dernier je crois : "Tu vois, Goliarda, si je devais mourir, je préfère mourir debout ; ce n'est pas pour rien – mais moi, même si j'ai fait des études, je ne suis pas un intellectuel, et qu'est-ce que je ferais pendant dix ans sur une chaise ? – ce n'est pas pour rien que je n'ai jamais eu le temps de lanterner avec un livre pour le plaisir de la lecture." Un mois plus tard j'ai reçu une carte, – qui sait où je l'ai fourrée –, il y avait écrit : Félicite-moi, j'ai volé six mois à la vie et au pessimisme maléfique d'un médecin idiot. Je m'en souviens à présent, il s'était fait examiner en secret, et le médecin lui avait dit que s'il continuait comme ça il pouvait vivre au maximum un an, mais s'il changeait de vie, qui sait ! peut-être dix. Qui me l'a dit ? Ah oui, Libero à l'enterrement était le seul à savoir : et donc il est mort debout, comme il le voulait ; et il a également volé six mois à la mort. Pourquoi devrais-je pleurer ? Il est mort dans les bras d'une belle fille, dans un hôtel de Palerme, après avoir fait un beau discours à la Chambre. Libero et moi nous riions quand nous sommes arrivés à Palerme, devant le malheureux chargé de nous détailler sa mort. Embarrassé et le visage tout rouge il nous a dit qu'une de nos cousines était présente au moment du décès. Une cousine, et quoi encore : elle était là et pleurait comme un veau ; elle était très belle. Il est mort comme il le voulait. Je l'aimais, mais je le détestais aussi. »

« Vous le détestiez ? C'était votre mère qui vous y incitait ? »

« Mais que dites-vous ? Ma mère n'incitait à détester personne, sinon les fascistes. »

« Vous en êtes sûre ? »

« Écoutez, sûre ou pas sûre, je détestais mon père, pour la seule raison que j'ai toujours eu peur de lui ressembler. »

« Et à qui vouliez-vous ressembler ? »

« À personne. Je voulais et je veux devenir comédienne et avec le temps commencer à écrire. »

« Écrire comme votre mère ? Êtes-vous sûre que ce n'est pas à elle que vous voulez ressembler, à votre mère ? »

« Oui, ma mère écrit, mais elle écrit sur des sujets politiques. Je veux raconter des histoires : c'est différent. » Ressembler à ma mère. Avait-il compris quelque chose ? Je ne voulais pas ressembler à ma mère, mais malheureusement il était clair que je lui ressemblais puisque j'avais été folle comme elle. Mais je n'attendrais pas le second accès de folie. Il fallait du temps, tellement de temps que le sol s'ouvrit en un gouffre de nuits interminables d'attente, et je tombais dans ce gouffre obscur. « Ne pleurez pas ainsi, relevez-vous. N'en parlons plus. Voulons-nous, maintenant que nous avons appris à compter, les écrire aussi, ensemble, ces chiffres ? Asseyez-vous ici. » Il valait mieux compter. J'avais suffisamment parlé. Je devais compter les comprimés la nuit, et surtout ne pas faire comprendre à Citto et à ce monsieur que je *savais*. Rien à voir avec un médecin pour les enfants, c'était le médecin des fous !

« Un deux trois, continuez. »

« Quatre cinq six. »

« Et combien font six plus six ? »

« Douze. »

« Bien. Et cela, qu'est-ce que c'est ? »

« Un verre. »

« Et ceci ? »

« Une chaise. »

« Combien y a-t-il de chaises dans cette pièce ? »

« Pas de chaises, de fauteuils, vous voulez dire ? »

« Bravo, de fauteuils. Combien y en a-t-il ? »

« Deux. » Dans la pièce du soleil artificiel il y avait deux fauteuils de cuir noir, et après m'avoir mise sous la lampe qui devait me donner des forces, pour ensuite m'écraser de nouveau sous le lustre, sœur Maria s'asseyait et me regardait en souriant. « Bravo, pitchounette ! Bravo ! Tu vois que ça ne fait pas mal ? » Les plis de sa robe étaient blancs comme la neige, la neige que je n'avais jamais vue. Maria en parlait toujours. Elle sortait des petites pastilles blanches. Elle savait qu'on allait m'écraser et elle gardait pour moi ces pilules. Le front de Tchekhov était blanc comme la neige. Un jour je la verrais, la neige de Maria. Les pilules s'accumulaient sous cette neige. Si au moins ce médecin n'était plus venu, je n'aurais pas dû faire en plus l'effort de mentir. Mais le voici qui monte l'escalier, le voici qui recommence à se moquer de moi avec ses chiffres. Que sont toutes ces taches ? Chaque jour il invente quelque chose de nouveau.

« Quelle est cette couleur ? »

« Bleu. »

« Bien, et celle-ci ? »

« Vert. »

« Mais vous êtes très forte. Et celle-là ? »

« Noir. La couleur des fascistes. Vous ne seriez pas ou n'auriez pas été fasciste par hasard ? »

« Non, madame. J'ai l'air d'un fasciste ? Je devrais me vexer ? Mais vous ne réussirez pas à me vexer : d'autant moins que vous me donnez la joie de constater que vous parlez des fascistes au passé ; ce qui veut dire que vous vous êtes souvenue que le fascisme est tombé. N'est-ce pas ? Vous vous en êtes souvenue, mais vous ne voulez pas me donner la satisfaction de me le faire comprendre. Mais vous n'y réussirez pas. Je comprends. » Il comprenait, et je devais faire attention.

« Vous ne comprenez rien. Et vous êtes un menteur parce que vous ne me dites pas la vérité. Si vous croyez que je ne me souviens pas que ma mère est de nouveau à l'asile à Catane et que je dois partir pour aller la chercher, vous vous trompez. Papa est mort, mais elle va mieux : c'est ce que disait le télégramme. C'est pour cela qu'elle ne se trouve pas à la maison… Vous imaginez le beau couple que nous ferons ici, mère et fille ? Mais pourquoi ne me dites-vous pas la vérité, une bonne fois pour toutes ? »

« C'est vous qui devez me dire la vérité. »

« Je ne dis jamais la vérité. »

« Et alors pourquoi l'exigez-vous de moi ? » On ne peut exiger la vérité, toujours. Comment pouvait-il dire que j'avais été folle ? Moi non plus je n'ai rien dit à Maria quand elle est revenue à la maison et m'a demandé ce qui s'était passé.

« Dis-moi la vérité, Goliarda : qu'est-ce que j'ai eu ? »

« Le diabète, maman, le diabète. »

« Qu'est-ce que j'ai eu, Citto ? »

« Une intoxication rénale, Iuzza. »

J'avais été folle et je devais faire vite. Chaque jour j'attendais le soir. Ce goût amer dans la bouche : pour compter les comprimés et les jours je comptais les chiffres, les couleurs ; j'apprenais le nom des fleurs. Il y en avait tant, sous le regard d'Enzo.

8

Il y en avait tant autour de cette petite maison : des étendues d'herbe sans fin, tombant comme des cascades en terrasses jusqu'à la mer, et montant derrière la maison, montant par ces marches vertes jusqu'au grand sein serein et coupé de sainte Agathe posé sur le plateau d'argent de la Sicile. Chaque jour, sous le regard d'Enzo, j'apprenais les couleurs. « Et ça, quelle couleur c'est, Iuzza ? »

« Jaune. »

« Comme tu es forte. Et ce jaune plus foncé, comment s'appelle-t-il ? »

« Bouton d'or. »

« Parfait, viens. » Par la main, à travers le blé balayé par le vent qui faisait des vagues hautes comme elles sont lorsque la mer s'éveille, il me conduisait parmi les épis, et me parlait des couleurs : le rouge sang des coquelicots, le jaune clair des marguerites, le blanc transparent des pavots, différent du blanc velouté des amandiers, le jaune des figues de Barbarie, le bleu profond des fleurs d'artichaut. « Regarde le bleu délicat de l'artichaut. Et dire qu'après ça il devient si moche, le pauvre. Comme moi : tu sais que quand j'étais petit comme toi j'étais joli et blond ? »

« Mais tu es beau, tu n'es pas un artichaut. »

« Vous êtes trop bonne, mademoiselle Sapienza. » Il fallait que je lui demande comment s'appelait cette fleur (rouge plus rouge que les coquelicots), la fleur de ces arbres si hauts. « Ce sont les fleurs du grenadier. Elles ont la couleur des grains de grenade. Tu aimes les grenades ? » Il connaissait tous les noms de fleurs et de couleurs, et ce n'était pas parce qu'il était aussi grand que Libero et Carlo : eux ne savaient rien de ces couleurs. Quand il me voyait, il se pliait sur ses genoux, et ainsi je pouvais le regarder dans les yeux. C'était pour cela qu'il ne me faisait pas peur comme Giuseppe ou Nicola. Il venait tous les jours et j'attendais patiemment. Je savais qu'après avoir parlé avec les grands il parlerait avec moi. « Comment allez-vous, mademoiselle ? Êtes-vous disposée à faire une petite promenade avec moi ? » Pour toute réponse, je lui mettais les mains ouvertes sur le visage, et lui ne les enlevait pas impatienté comme faisaient les autres. Il attendait que je les enlève moi-même. Il savait que je ne résisterais pas longtemps à l'absence de son visage caché par mes mains. Ce devait être quelqu'un de très doué pour l'amour. Je l'aimais beaucoup.

« Vous l'aimiez, madame ? » J'avais parlé fort. Ou ce médecin des fous lisait dans ma pensée comme Ivanoe ?

« Vous l'aimiez, madame ? » Honteuse, j'écartai les mains de son visage et m'aperçus qu'il n'était pas sans âge et avait des éphélides et souriait. Je n'aurais jamais cru qu'un médecin des fous puisse sourire.

« Excusez-moi. Je ne sais pas ce que je fais. »

« Vous pleurez ? Ce n'est rien. Votre geste est le geste typique des enfants quand ils commencent à prendre contact avec le monde extérieur. Ils doivent toucher pour être sûrs de posséder ce qu'ils voient, et de pouvoir l'éloigner s'ils le veulent. Je m'explique mieux : en cachant le visage de leur père ou de leur mère, ils mesurent leur volonté sur l'objet. Ils le cachent pour être sûrs que lorsqu'ils l'auront décidé ils pourront *s'en ressaisir, le ravoir.* C'est un geste typique. »

« Mais je ne suis pas une enfant. Qu'est-il arrivé ? »

« Ne pleurez pas ainsi, ne vous inquiétez pas. Vous avez été très mal et vous vous êtes affaiblie. N'y pensez plus : maintenant je suis là pour vous aider... vous aider à vous souvenir. Ce n'est qu'en se souvenant... »

« En se souvenant de quoi ? Dites-moi la vérité une bonne fois pour toutes. »

« Si je vous dis la vérité, vous me promettez de vous laisser aider, ensuite ? »

« Je ne promets rien et je n'ai pas besoin de l'apprendre de vous, la vérité. J'ai été folle. »

« Et vous voudriez pour cela vous suicider, disparaître ? »

Comment avait-il fait pour comprendre ? Il valait mieux se tourner du côté du mur et ne plus parler. « Si vous pensez cela, comme je le soupçonnais, c'est le moment de vous avertir que vous avez déjà essayé de le faire. »

« Je l'ai déjà fait ? »

« Oui. »

« Mais je ne m'en souviens pas. »

« Vous ne pouvez pas, parce que dans la clinique où l'on vous a emmenée on vous a fait des électrochocs qui vous ont fait perdre la mémoire... »

« Alors je n'ai pas eu une crise de folie ? J'ai seulement essayé de mourir ? »

« C'est bien cela, madame. Et puis ça n'a pas été un véritable suicide : vous avez pris des comprimés pour dormir. On n'a même pas eu besoin d'utiliser le lavage gastrique. Vous étiez fatiguée, vous pleuriez, et ces messieurs qui croient en l'électricité ont jugé opportun de tout vous faire oublier pour quelque temps. Personnellement, je ne crois pas dans ces moyens-là : je crois en la mémoire. Il faut que vous m'aidiez. Ayez confiance en moi. Vous ne vouliez pas mourir, juste vous reposer. Vous avez des problèmes... » Il parlait, il parlait ; avant, il n'avait quasiment pas ouvert la bouche, maintenant je ne parvenais pas à le suivre, – peut-être à cause de cette fleur de joie en train d'éclore dans ma poitrine et qui m'aveuglait de son parfum intense de jasmin. Il parlait, mais je ne pouvais l'écouter. Je n'avais pas été folle : j'avais voulu mourir ; mais cela n'est pas de la folie, ça peut être de la faiblesse. Tant de gens le font, et ne sont pas fous.

« Oui, madame, tant de gens le font, et ne sont pas fous. D'accord. Mais cela signale des problèmes. » Il avait de nouveau lu dans mes pensées, ou ces électrochocs me faisaient penser à haute voix ? « Je comprends votre joie, mais précisément cela me confirme que vous avez des problèmes et, si vous voulez, je pourrai vous aider. »

« À acquérir la mémoire ? Oui, bien sûr. »

« Mais aussi… »

« Je suis si heureuse que cela suffit pour aujourd'hui : je ne peux rester immobile. S'il vous plaît. » Je courus dans toute la maison ; la terrasse était assez grande pour pouvoir y courir. Quel dommage de ne pouvoir sortir : dans le parc le parfum du jasmin aurait certainement été plus fort. « Obstinée que tu es ! Obstinée ! Comme Goliardo : toujours à courir en tous sens. Obstinée que tu es ! Obstinée ! Le vieux sang rend fort quant à l'esprit, mais faible quant au corps. » J'étais si faible que je dus me jeter sur la terrasse en regardant en haut le mauve des glycines. Leur parfum me touche les bras, les jambes. Mes jambes étaient si maigres que le parfum s'éloigna un instant, mais le vent de Rome me le ramena du haut des grappes mauves. Il fallait que je mange beaucoup de pain et de figues, il fallait que je devienne forte comme Goliardo : et cela uniquement pour Nunzio, et uniquement aux yeux de Nunzio. « Pour devenir fort, Iuzza, il faut manger, et surtout dormir. » « Oui, Nunzio », et à partir de ce soir-là j'avalai le comprimé, et il n'y eut pas d'amertume dans ma bouche, mais seulement un long sommeil sans rêves.

9

Un long sommeil sans rêves la nuit… une longue heure au soleil de la fenêtre grande ouverte à chercher les couleurs que le regard d'Enzo m'indiquait. « Et ça, c'est de quelle couleur ? »

« *Biunnu*. »

« Oui, bien sûr : *biunnu* en sicilien, mais en italien cela s'appelle châtain clair, et en français *beige**, comme ces petites raies sur ma cravate. » Je touchais sa cravate et puis je lui mettais les mains sur le visage. J'attendais qu'il les enlève et j'attendis un siècle. Il ne les enlevait pas. Le désir de le revoir allongeait le temps en années et années encore, mais je devais résister : je voulais savoir.

« Et cela, madame, quelle couleur est-ce ? »

« *Biunnu*. »

« *Blond* veut dire *beige**. »

« Pourquoi faites-vous semblant de ne pas comprendre le sicilien ? Nunzio avait les yeux *biunni* et Enzo aussi et vous aussi. » Avec terreur je me rendis compte que mes mains se détachaient de son visage. Un siècle était passé, mais il ne les avait pas enlevées. « Ne vous désespérez pas ainsi, je vous l'ai dit : ce n'est rien. C'est juste un retour momentané à l'enfance. Parlez-moi de cet amour que vous aviez. Il s'appelait Enzo, avez-vous dit ? » Réconfortée par son sourire : « Oui, Enzo Vacca. » Et non seulement il souriait, mais il riait à présent : et ses dents étaient blanches et ses lèvres pleines. Jusqu'alors il m'avait semblé qu'il n'avait pas de bouche : je fus si surprise de cette découverte que je ne pus m'empêcher de regarder mes mains.

« Comment avez-vous dit ? Vacca ? Mais c'est incroyable. Vous l'avez dit avec humour. Vous jouiez souvent des rôles comiques ? »

« Jamais. Vacca souffrait de ce nom[8], parce qu'il suscitait toujours l'hilarité qu'il suscite à présent chez vous. Bien sûr, on ne riait pas ouvertement, mais on riait des yeux. Il en souffrait, mais il était très beau : peut-être un peu trop mince et pâle mais très beau. Je l'ai compris par la suite. Je l'aimais beaucoup : dommage qu'il ait aimé Licia. Carlo me l'a dit un matin où il nous a trouvés ensemble dans cette situation, il a dit : "Eh, Iuzza, Iuzza, attention, je vais le dire à Licia que tu fais la coquette avec son fiancé." Carlo avait toujours le chic de me faire découvrir la vérité. Ça a été pareil après aussi. »

« Pourquoi vous assombrissez-vous ainsi ? Vous êtes plus jolie quand vous souriez. Et qu'avez-vous fait quand Carlo vous a dit ça ? »

« Je me suis enfuie. Je me souviens que je tremblais de la tête aux pieds dans l'obscurité : la nuit était brusquement tombée. »

« Et lui, qu'a-t-il fait ? »

« Il m'a couru après. Je ne le voyais pas, mais j'entendais sa voix. Il m'assurait en riant qu'il m'aimait moi aussi. Il me rassurait, mais il riait aussi. Et je n'ai plus voulu le voir. Quand il venait, je m'enfermais dans le cabinet ou je continuais à regarder les images d'un livre. *La Corbeille*, c'est lui qui me l'avait donné. "Printemps vient en dansant, vient en dansant devant ta porte : tu veux savoir ce qu'il t'apporte ? Une corbeille de blondes pêches, veloutées et toutes fraîches…" »

---

8. *Vacca* signifie « vache ».

« Vous vous en souvenez encore ? Mais vous ne saviez pas lire ? »

« Non, en voyant les images du printemps, une fille joufflue, vêtue de rose, je me souvenais des vers qu'il m'avait appris. Un jour j'en écrirais moi-même... »

« Et puis ? »

« Et puis rien. Je suis fatiguée. »

« Je le comprends. Mais vraiment vous n'avez plus voulu le voir ? »

« Je crois. Mais pourquoi me posez-vous tant de questions ? Pourquoi ne partez-vous pas ? »

« Vous me chassez de nouveau ? Je m'en vais dans quelques minutes, mais ne me faites pas partir sans avoir assouvi ma curiosité. C'est votre faute. Vous racontez bien les histoires. »

« Des histoires d'enfant... Quand il m'a dit, en se penchant sur le livre : "Eh bien, mademoiselle, nous arrêtons avec cette guerre ? Puisque je vois que, même si tu ne me regardes pas, tu lis, dans le livre que t'a donné ton fiancé..." »

« Et vous ? »

« Ce fut une scène terrible : je me suis mise à hurler qu'il n'était pas mon fiancé, mais un menteur, et j'ai déchiré ce beau livre. Allez-vous-en ! Je vous ai dit de vous en aller ! Je ne peux pas vous supporter, avec cette alliance hypocrite au doigt, et avec vos questions hypocrites ! » J'avais déchiré le livre, et j'avais couru m'enfermer dans le cabinet. Je me suis assise, décidée à ne plus sortir, mais la nostalgie de ce livre perdu m'entraînait le long des murs du couloir, le long des voûtes du salon. Il n'y avait rien à faire : il était en morceaux. L'hiver était une petite vieille toute blanche avec une corbeille de neige. *"Et l'hiver vient frapper, vient frapper à ta porte, veux-tu savoir ce qu'il t'apporte ? Une corbeille de blancs flocons... Iuzza, faisons la paix."* Pourquoi ne s'en allait-il pas ? Je levai les yeux : il y avait des siècles que je ne l'avais vu. Son visage était à ma hauteur, et je ne pouvais résister. « Ah, quand même ! tu m'as fait beaucoup souffrir, tu sais ? Tiens, voici une autre *Corbeille*. Je sais que tu as ramassé les pages déchirées, et que tu les gardes sous ton coussin. »

« Il vous a rapporté le livre ? »

« Oui, mais ça n'a plus été comme avant. »

10

Ça n'a plus été comme avant. Il était revenu : il y avait des siècles que je ne l'avais vu.

« J'espère que je ne vous ai pas vexé la dernière fois. Vous n'êtes pas venu hier et je craignais vraiment… »

« Mais c'est hier que vous m'avez mis dehors, madame. Essayez de vous souvenir ; c'est hier, et je n'avais aucune raison de me vexer. »

« Hier ? Il me semble que cela fait au moins un mois. »

« Peut-être parce que vous avez rêvé ? »

« Non, je ne rêve jamais. »

« Ce n'est pas que vous ne rêvez pas. Nous rêvons tous. Seulement, parfois, on ne veut pas se souvenir de ses rêves. C'est une défense. » Je ne comprenais pas bien ce qu'il disait, ne serait-ce que parce qu'il tenait ses mains d'une façon différente d'avant, et ses doigts étaient longs.

« Vous savez que vous avez les mains de certains adolescents d'Antonello da Messina ? » Et aussi le regard, mais je ne le lui dis pas, le regard des prêtres d'Antonello, – je ne le lui dis pas parce que je craignais qu'il ne se vexe.

« Peut-être parce que je suis de Messine. Qu'en dites-vous ? Même ville et mêmes mains et… »

« Même cruauté. »

« Même cruauté ? »

« Oui, dans le regard. »

« Je dois le prendre pour une insulte ? Faut-il que je me vexe ? C'est inutile, vous n'y arriverez pas. Je reviendrai et vous apporterai une autre corbeille. » Il riait et ses mains : non ! il ne les tenait pas de façon différente.

« Pourquoi avez-vous enlevé votre alliance ? »

« Je l'ai perdue à la mer. Hier je suis allé nager à Ostie. Elle était devenue trop large : j'ai beaucoup maigri ces dix dernières années ! » Il riait et il nageait, même.

« Ce n'est pas vrai ! »

« Vous me traitez de menteur ? »

« Non, excusez-moi. Je ne pensais pas que vous, eh bien, oui, qu'un médecin des fous ait le temps d'aller à la mer. »

« Et en fait, comme vous voyez, même un médecin des fous nage et aime la mer. »

« Moi aussi j'aime la mer. À la Plaia, Enzo me portait sur ses épaules, et avançait jusqu'à ce que l'eau lui arrive au menton, j'aimais voir la mer d'en haut, – sauf que quand l'eau lui touchait le menton j'avais peur qu'il se noie. »

« Vous aviez peur qu'Enzo se noie, ou vous ? »

« Enzo. Et puis comment voulez-vous qu'à cet âge… »

« Vous aviez peur qu'en se noyant, Enzo ne vous entraîne avec lui. Vous n'avez pas été très protégée dans votre enfance. Enzo était votre maison, votre père, votre mère, que vous sentiez instables et sans murs. Il faudrait que nous commencions à nous rappeler nos rêves, madame. Vous savez qu'il y a un langage des rêves ? »

« Bien sûr : Freud. »

« Et vous savez ce que représente la mer, dans ce langage ? »

« Non. »

« L'inconscient. Vous savez ce qu'est l'inconscient ? »

« Nous le savons tous à peu près. »

« En quelle année sommes-nous ? »

« En 1962. »

« 1962 ! Qu'ai-je fait pendant tout ce temps ? » L'inconscient : une mer noire s'élevait et obscurcissait la fenêtre, me fouettait le visage ; je me noyais ; je m'agrippai à Enzo : je ne voulais pas me noyer avec lui. « Mais non, nous ne nous noyons pas. Ne vous inquiétez pas, madame. Tenez-vous à moi, et vous verrez que nous sortirons de cette mer sains et saufs. Je suis un bon nageur. Voilà, buvez un peu d'eau et tenez la tête relevée, voilà, comme ça. » Comment se faisait-il que je lui baise les mains ? « Le savez-vous, madame, que lorsque je suis venu vous trouver à la clinique vous m'avez aussi pris les mains de cette façon ? Votre geste m'a poussé à m'occuper de vous. C'est le geste de quelqu'un qui veut vivre. Il y a de vrais suicides et des suicides, comme le vôtre, qui ne sont rien d'autre qu'une action vitale, un geste pour sortir d'une mort lente, d'une situation difficile. Essayez de vous souvenir : vous ne vouliez pas mourir, vous vouliez seulement changer. »

« Oui. Je ne me souviens pas, mais il me semble. Et de quelle situation voulais-je sortir ? »

« La cause apparente, l'occasion, la fausse raison semble avoir été un peintre. Mais si vous voulez, en travaillant ensemble, nous découvrirons la vraie raison, la vraie matrice de votre geste. Maintenant je dois vous dire quel type bizarroïde de médecin je suis. »

« Un psychanalyste. »

« Cela vous révulse ? »

« Pas du tout. Mais j'ai connu beaucoup de psychanalystes et… eh bien ! ils avaient l'air de… eh bien, oui ! de tout comprendre, de tout s'expliquer avec deux ou trois règles assez accommodantes, comme possédés par une illumination mystique. J'en ai assez des religions, je viens juste de me libérer du syndicalisme. »

« Vous avez peur que je veuille vous convertir ? Et savez-vous pourquoi vous avez tellement peur d'être convertie ? Parce que vous êtes religieuse. La psychanalyse n'est pas une religion, c'est une science. »

« Quand vous m'avez parlé de votre visite à la clinique, je me suis souvenue de votre visage. C'est ridicule, mais il était tout entouré d'un cadre d'or et ainsi, en raison de cet or, essayons, pourquoi pas... »

En raison de ce cadre d'or... Je ne peux continuer : il faut que je m'arrête ; je ne peux continuer à avancer dans ce passé : il est difficile de grandir à partir des herbes desséchées du passé ; je ne grandirai plus : je resterai immobile, fermée en un objet muet sans émotion. Il ne nous est pas donné d'effacer des visages-années, des yeux-secondes qui sont mort-nés à l'intérieur de nous, et qui nourrissent leur mort de notre sang. Je ne peux continuer : les couloirs souterrains de ces quatre années qui s'ouvrent à l'intérieur de moi sont trop sombres et je ne peux les reparcourir à rebours. J'ai peur de l'obscurité. J'ai eu tort d'évoquer sa voix. Aujourd'hui 27 mars 1966, cela fait un an qu'il est sorti de chez moi. Je ne l'ai plus revu ; j'ai eu tort : je devais m'inventer une histoire imaginaire, finir d'écrire ce drame que j'avais commencé pour Anna Magnani[9]. J'ai eu tort de ré-évoquer sa voix. Les morts, quand on les évoque, s'asseyent près de vous et vous fixent et lui est entré et me fixe et je ne peux me promener dans ce passé sous son regard. Ne me ramenez pas aux

---

9. Il s'agit de *La grande bugia* (*Le Grand Mensonge*), première des trois pièces écrites par Goliarda (celle-ci en 1966-67) ; suivront *La rivolta dei fratelli* (*La Révolte des frères*) en 1969, *Due signore e un cherubino* (*Deux dames et un chérubin*) en 1987.

théories de ce médecin et de ses semblables : ne me ramenez pas à ce nouvel ensemble rigide de règles censé vous offrir la perfection, ou mieux, comme il disait, l'intégrité psychique. Un de vos enfants meurt ? Vous souffrez ? C'est normal. Oui : c'est normal de souffrir trois, quatre mois pour sa perte ; mais un an ! Un an et un mois ! Cher Herzog, tu as raison : dans ce siècle de religiosité scientifico-technique, l'émotion, l'amour, le choix moral, la fidélité et jusqu'à la mémoire sont suspectés d'être des maladies. Mais à toi je confie ici entre quatre yeux que moi aussi durant ce long hiver-prison j'ai écrit un tas de lettres à ma mère, à ce médecin lui-même, à ses collègues, à Garibaldi, et si tu veux, je te les montrerai. Mais je te le dis : si nous sommes morbides, malades, fous, ça nous convient, à nous. Laissez-nous notre folie et notre mémoire ; laissez-nous notre mémoire et nos morts. Les morts et les fous sont sous notre protection.

11

Je suis restée étendue sur le lit deux jours, deux mois, deux heures. Je ne sais pas. Je ne voulais pas grandir et le plafond descendait, et je recevais un souffle au goût de plâtre sur les yeux. C'était le plafond qui se penchait sur moi (ou j'étais moi-même ce plafond?). J'étais le plafond lui-même. Ma chair était en laine, sans émotion; mes mains pliées, le drap, mes jambes, s'enfonçaient dans la laine du matelas : ils étaient en laine molle et sans force. Mais au moins je l'ai tenu éloigné et je n'ai pas dû écouter ses explications sur ce temps-coma. « Vous voyez, madame, quand vous êtes saisie par la dépression, c'est parce que vous voulez inconsciemment retourner dans le ventre de votre mère. Quelle position prenez-vous à ces moments-là ? La position exacte de l'enfant dans le ventre maternel. Je vous nettoierai de ce désir inconscient. Je vous arracherai votre mère de sous le coussin... »

Non! cela vient après : cela, c'est sa voix de longtemps après. Pour l'heure il n'a pas cette voix contractée, spasmodique. Il parle doucement, sans intonations.

Il faut que je grandisse; il faut que je me lève et que je vous parle : aidez-moi; éclairez de vos expressions les couloirs sombres de mon passé. Enzo m'emmenait en me tenant par la main dans le ventre de la terre : avec sa lampe électrique il éclairait les parois moussues de la caverne qui se perdait dans une obscurité sans fin. « Tu vois, Iuzza, il semble que, si l'on pouvait marcher pendant des années et des années et arriver au bout de cette galerie que les anciens ont construite il y a mille et mille et mille ans, on se trouverait dans le ventre du géant qui repose endormi sous l'Etna. Ses intestins sont des couloirs de corail tapissés des crânes et des squelettes d'or, aux yeux de diamant et aux cheveux d'argent, de tous les héros qui sont morts sur le chemin en essayant de trouver le trésor : les montagnes de saphirs et de diamants et de perles dont l'Etna est gardien depuis que le monde est monde. Leurs cadavres, au contact de l'atmosphère prodigieuse de ces cavernes, se transforment en or et argent. Si l'on pouvait arriver au moins aux dernières galeries, sans pénétrer plus bas, nous serions riches, et nous pourrions enrichir tous ceux que nous aimons, pour toute notre vie et la vie de nos enfants et des enfants de nos enfants. » Je me serrai contre Enzo. Et ce n'était pas Enzo : c'était Nica et elle n'avait pas de lampe, mais des allumettes qu'elle craquait l'une après l'autre pour me faire voir la couleur dorée et rose et rouge de la mousse. *Nica s'était arrêtée et son œil noir était grand et profond comme la voûte de la grotte. « Pourquoi est-ce que tu t'arrêtes ? Pourquoi n'essayons-nous pas d'aller plus loin ? »*

« C'est inutile. Tant de personnes ont essayé et c'étaient des hommes, des hommes pleins de force, et pourtant ils sont morts en chemin. Imagine, nous qui sommes des femmes. Il n'y a rien à faire. Il doit encore naître, l'homme qui sera assez vaillant pour arriver à ces trésors. Nous sommes des femmes et ce n'est pas ça que nous avons à faire, ce qu'il nous faut faire c'est donner naissance à plein de garçons dans l'espoir qu'il y aura parmi eux celui qui pourra, avec l'aide de Dieu, arriver jusqu'à ces trésors. »

« Et vous n'aviez pas peur de suivre Nica dans cette grotte ? Vous souffrez de claustrophobie, et de façon assez grave. »

« Oui, mais c'est arrivé plus tard : à cette époque-là je n'avais jamais peur. »

« Et vous savez pourquoi ? »

« Je ne sais pas, mais j'avais confiance. Elle était belle, courageuse et forte. »

« Bien sûr, madame. Mais ce n'est pas que pour cela. Vous aviez confiance en vous-même, dans votre côté sain et vital. Je vous explique mieux : vous aviez confiance en Nica parce que vous voyiez en Nica – elle personnifiait pour vous – votre côté, comme je vous l'ai dit, vital et sain. »

« Oui, c'est possible, mais cela aussi parce que sa personne, son intelligence et son imagination me le permettaient. »

« Mais jusqu'à un certain point. Comme tous les enfants, dans la recherche infantile d'un modèle parfait, vous l'enrichissiez, lui prêtiez des qualités qu'elle n'avait peut-être pas. »

« Mais elle était belle et courageuse, et elle m'aimait beaucoup. »

« Bien sûr : mais dans cette façon aussi de percevoir l'amour que Nica vous portait, ne sentez-vous pas, ne percevez-vous pas, une mythification ? Une exagération ? Bien sûr : Nica avait pour vous de l'affection, mais comme tout le monde, probablement. Comme chez tout le monde, assurément, dans cette affection il y avait aussi de la jalousie, un sentiment d'infériorité, etc. Vous deviez apparaître à Nica comme une privilégiée, vous deviez… mais ne vous assombrissez pas ainsi, je ne dis rien qui ne transparaisse de vos récits… Sans vous en rendre compte, inconsciemment, vous dites parfois des choses que vous démentez ou atténuez ensuite : et cela pour les refouler, pour ne pas en prendre acte ; et je ne fais que vous les rappeler pour que vous vous mettiez en mesure de lire dans votre passé et dans vos émotions, et de vous libérer de mythifications et de sentiments de culpabilité qui vous oppriment. Vous vous souvenez que vous m'avez raconté il y a une semaine que dans cette grotte où vous alliez jouer, une fois, Nica, qui était plus grande que vous – très important, cela –, vous a laissée, et que vous avez eu très peur ? »

« Oui, mais je vous ai également dit qu'elle est revenue tout de suite, dès que je l'ai appelée. Elle m'a prise dans ses bras et consolée. »

« Êtes-vous sûre qu'elle est revenue tout de suite ? Combien de fois l'avez-vous appelée ?... Allons, laissez, laissez : peu importe combien de fois vous l'avez appelée, ne me regardez pas avec ces yeux de petite fille épouvantée. Même si Nica avait un brin de cruauté envers vous, c'est humain. Mais il faut que vous le reconnaissiez. Ce n'est qu'ainsi que vous pourrez vous libérer de cette claustrophobie qui ne vous lâche pas parce que vous ne voulez pas vous souvenir : vous refoulez que c'est Nica, en partie, qui a provoqué votre terreur en vous laissant dans la grotte. Et puis il y a quelque chose de plus important encore : si vous ne reconnaissez pas en Nica de l'agressivité, de l'amour et de la jalousie mélangée à l'affection qu'elle vous portait, comme il y en a en chacun, vous continuerez à éprouver ce sentiment de culpabilité si fort que vous avez, même si vous ne voulez pas le reconnaître, à son égard. Sentiment de culpabilité accentué par la découverte qu'elle était une sœur naturelle à vous et qu'elle n'a porté votre nom que plus tard, trop tard. Vous vous rappelez que vous m'avez dit que lorsqu'elle est morte vous vous êtes sentie en faute de l'avoir laissée sans défense en Sicile ? Vous devez prendre bien conscience que ce n'était pas vous qui pouviez sauver Nica. Vous réclamez trop de vous-même. Même en restant en Sicile, vous n'auriez pas pu la sauver, vous n'auriez fait que vous sacrifier vous-même. Mais ne pleurez pas, ne pleurez pas, nous sommes des êtres humains et Nica était faite de chair et d'os. Ce n'était pas un ange, comme vous vous la représentez dans vos émotions restées infantiles : c'est pour cela que votre sentiment de culpabilité devient automatiquement terrible, – puisque Nica avait toutes les qualités, les bontés, etc. Avec cette image de Nica, vous vous transformez, en comparaison, à vos propres yeux, en un monstre d'égoïsme qui n'a pas voulu la sauver. Nous sommes des êtres humains, madame, et Nica était faite de chair et d'os, de chair et d'os comme vous. À présent, calmez-vous et dormez. Il faut que vous dormiez, madame : vous êtes faite de chair et d'os. Il faut vous reposer. À demain. »

Pourquoi t'en vas-tu ? Il fait noir : les couloirs s'ouvrent plus noirs que l'obscurité qui les entoure. Pourquoi t'en vas-tu ? Nica ! Nica ! *« C'est inutile, Iuzza : il vaut mieux rentrer. Nous n'y arriverons jamais, nous ne sommes que des petites femmes. »* Il faut que je la suive, mais des mains d'or m'attrapent aux chevilles et la dernière allumette s'éteint au loin dans l'or de la mousse. Je ne peux pas bouger. Ces mains me tirent vers le fond humide et mou de la mousse désormais noircie. On me tire, je coule. La tête seule dehors. Pourquoi m'ont-ils laissé la tête dehors ? Il aurait mieux valu qu'ils me noient dans la mousse humide qui se propage : elle se gonfle maintenant comme un lac boueux. *« Ils ne donnent pas la mort, ils savent qu'il est doux de sortir de la fatigue de la chair : ils ne donnent pas la mort. »* Voilà, avec des mains de vent et de grêle ils m'enfilent l'une de ces têtes de mort. Elle n'est pas en or ! Nica mentait : elle est en fer, et avec une vis ils serrent mon crâne dans cette calotte de fer : ils serrent jusqu'à ce que, sûrement, la cervelle en gicle. Il faut que je fasse attention à ne pas me salir.

12

Il faut que je fasse attention à ne pas me salir. Ils serrent. Ils serrent.

« Mais qu'y a-t-il, madame ? Vous vous êtes endormie. Redressez-vous. Tranquillisez-vous : vous n'êtes pas seule ; je suis là. » Nica est revenue : elle a craqué une allumette.

« Allons, madame, redressez-vous. Non : Nica n'est pas là. Mais je suis là, moi. J'espère que cela ne vous déplaît pas. Réveillez-vous. »

« Oh ! C'est vous ? Vous vous êtes sali ? »

« Non, je ne me suis pas sali. Croyez-vous que votre visage salisse ? » Il était revenu : il ne m'avait pas abandonnée dans la caverne ; et les mains qui me libéraient de la calotte de fer étaient douces et chaudes. Heureusement, il ne s'était pas sali.

« Ne vous inquiétez pas, je ne me suis pas sali. » Il souriait, et qui sait si ses lèvres étaient chaudes comme ses mains... Il se fâcherait si je les lui touchais ? Carlo se fâchait toujours. Non, il ne se fâche pas : il sourit encore.

« Pourquoi souriez-vous ? »

« Avant tout parce que vous aussi souriez. Savez-vous que vous avez un sourire très communicatif ? Et puis parce que vous avez enfin rêvé. Ou plutôt, vous vous êtes souvenue d'avoir rêvé, et cela, même si vous n'y croyez pas, c'est un grand progrès. Vous voulez me raconter pourquoi vous criiez ? »

« Oui, si vous me tenez la tête. »

« Entendu. Mais si vous me laissez la bouche libre, nous

pourrons mieux parler, vous ne croyez pas ? Comme ça j'ai l'impression de bégayer. »

« Pardon. »

« Vous n'avez pas à vous excuser : ce n'est rien : ce n'est qu'un geste pour chercher de la nourriture. Tous les enfants cherchent avec les doigts dans la douce chaleur du sein de leur mère. Vous avez été allaitée artificiellement ? »

« Oui, par mon frère Ivanoe : il ne faisait pas confiance aux autres parce que avant moi un autre enfant était né, mais ma mère était presque vieille et n'avait pas de lait et cet enfant ne digérait ni le lait de la nourrice ni le lait de brebis, et il est mort. Quand je suis née, ça a été la même chose : et alors Ivanoe a eu très peur. C'était l'aîné des enfants de ma mère. »

« Comment, des enfants de votre mère ? »

« Quand ma mère s'est mise à vivre avec mon père, elle était veuve d'un certain Carlo Civardi, un socialiste devenu plus tard interventionniste. Elle avait sept enfants, et mon père était veuf lui aussi et avait trois fils. Je l'ai découvert plus tard : chez nous on ne parlait jamais de choses concrètes. J'ai découvert que j'étais la seule née de leur mariage. J'ai beaucoup pleuré quand on m'a dit que Licia, Olga, bref, tous étaient mes demi-frères ou sœurs. Je n'aimais pas ce mot. »

« Je le comprends. Parlez-moi de cet Ivanoe. »

« Il était persuadé que cet enfant n'était pas mort seulement parce qu'il ne digérait pas, mais parce que la chaleur était trop forte et qu'ils étaient sales. Alors, il a fait envoyer de Suisse du lait artificiel et c'était toujours lui qui me le préparait : il ne permettait même pas à Licia de le faire, elle me l'a dit : il lavait et stérilisait tout. Licia me le disait en plaisantant : Tu as eu de la chance d'avoir pour frère un médecin-né. Il s'est tellement démené qu'il a trouvé le lait pour toi. Tu as été la première en Sicile. »

« Eh oui. Il est clair que le lait maternel vous a manqué et probablement, n'ayant pas un sein à toucher, vous touchiez la bouche de votre frère comme vous le faites maintenant avec moi. Vous rendez-vous compte que vous refusez, inconsciemment, de détacher vos doigts ? Vous craignez de perdre la nourriture et de mourir de faim. Tous les enfants ont peur de mourir de faim : et en un certain sens ils ont raison. Si la mère voulait, elle n'aurait, comme on le fait dans beaucoup de tribus et comme on le faisait en Russie jusqu'à la Révolution, – elle n'aurait qu'à lui refuser le sein. » Il peinait pour parler, et j'essayai de détacher mes doigts, mais je me mis à trembler. J'avais froid sans le contact de ces lèvres chaudes.

« J'ai froid. »

« Ce n'est pas du froid. Vous avez peur. Rassurez-vous. Je ne vous enlèverai pas le sein, rassurez-vous, je ne vous ferai pas mourir de faim. Rassurez-vous et reposez-vous. Avant que je ne m'en aille, il faut que vous me racontiez votre rêve. Vous me l'avez promis. » Mais je continuais à trembler : je ne pus parler jusqu'à ce qu'il mette de ses mains mes doigts sur ses lèvres, et la chaleur revint circuler dans mes poignets jusqu'en haut, remontant dans mes bras, mes épaules. J'avais sommeil. *La fenêtre était obscure ; la grotte immense. Nica n'était plus là mais je n'avais plus froid, une chaleur douce comme le soleil artificiel m'assouplissait le cou et les poignets. Ce devait être un savant comme Galilée et, quand il reviendrait…*

« Oh, heureusement vous êtes revenu, je vous attendais depuis tant de jours. J'avais peur que vous ne reveniez plus ! »

« Mais, madame, deux jours seulement sont passés, samedi et dimanche. Vous accepterez tout de même que je me repose. Mon métier de médecin des fous, comme vous dites, est plutôt fatigant ; rassurez-vous. Comment voulez-vous que je ne revienne plus juste maintenant où nous sommes parvenus à rêver, et où vous devez me raconter votre rêve ? J'en suis très curieux. Vous vous en souvenez encore ? »

« Bien sûr. » Je n'avais pas envie de parler, je voulais seulement lui toucher les lèvres, mais j'eus peur qu'il ne se fâchât. Je me contraignis et sans le regarder, pour vaincre la tentation, je dis : « Je me trouvais dans une caverne, différente de celle où nous allions nous cacher avec Nica pour parler mais… »

« Madame, ce rêve confirme en partie ce que je vous ai dit, vendredi, vous vous rappelez ? Et il nous dit aussi des choses nouvelles. Donc, comme je vous l'ai dit, vous vous identifiiez à Nica, comme aujourd'hui encore vous vous identifiez à Haya, à Titina, etc. C'est pour cela que vous cherchez les amitiés féminines et les idéalisez… »

« Mais Haya et Titina sont des femmes extraordinaires, ça je le sais. »

« Bien sûr, elles sont extraordinaires, mais le rêve nous dit que vous vous les représentez un peu plus extraordinaires qu'elles ne le sont réellement, en chair et en os. Vous les mythifiez, comme vous le faisiez avec Nica. Vous les revêtez de vos qualités, vous liez magiquement votre existence à elles, si bien que, comme on le voit dans votre rêve, si Nica vous abandonne – et Nica renferme en elle la meilleure part, saine et pleine d'énergie vitale, de vous-même, que par sentiment de culpabilité, vous refusez de reconnaître en vous, – si, comme je disais, ces meilleurs côtés représentés par Nica vous abandonnent, vous vous perdez dans la caverne ; et cela parce que vous ne croyez pas en vous-même. Mais, ayant en même temps besoin d'exister, pour devoir prendre conscience de vos qualités, vous les déposez dans une image féminine qui vous est proche, et vous liez votre vie, votre être, à cette image, au point d'en avoir un besoin disproportionné et absolu. En même temps, derrière cette image de femme parfaite et plus intelligente que vous, derrière Nica, derrière Haya, derrière Titina, se cache votre mère, que vous ne pouviez prendre pour modèle, sinon vous en auriez été écrasée. Ainsi, d'un côté, cette idéalisation vous a permis de vivre sans trop de remords. Mais, de l'autre, elle vous opprime, vous emprisonne la tête, le cerveau au point de vous humilier et de vous torturer. D'où, en partie, vos maux de tête, votre claustrophobie. Il faut que nous nettoyions ces images de perfection et que nous fassions redevenir Nica comme elle était. Il faut que nous nettoyions Nica de toutes les qualités que vous lui avez prêtées. Que vous le vouliez ou non, ces qualités étaient et sont vôtres. Ainsi seulement vous n'aurez plus ce besoin excessif d'amitié de femmes que vous... »

« Mais je n'ai aucun besoin excessif... »

« Vous pensez ne pas l'avoir, mais inconsciemment, vous en êtes la proie. Et puis l'amitié entre femmes est toujours un peu ambiguë. »

« Mais que dites-vous ? Vous parlez comme un petit-bourgeois ! L'amitié féminine est ambiguë et l'amitié masculine non ? »

« Eh bien, c'est différent. »

Malgré le froid qui m'avait prise et la nostalgie pour sa chaleur je me surpris à crier :

« Mais que dites-vous ? Tant que vous parlez de Nica ou de ma mère, nous pouvons être d'accord, mais Haya, Titina, Franca, Marilù sont mes amies, et nous nous aidons réciproquement, et vous parlez comme tous les hommes qui ne savent pas, ou ne veulent pas admettre que les femmes ont un cerveau et peuvent avoir des amies comme vous avez des amis. » Pourquoi criais-je ainsi ? J'avais toujours froid.

Il fallait que je me taise. « Allez-vous-en ! Allez-vous-en avec vos théories d'officier de cavalerie du XIXᵉ siècle ! Laissez-moi en paix ! » C'en était fait désormais, j'avais perdu cette chaleur pour toujours. Il ne me restait plus qu'à fermer les yeux pour du moins ne pas le voir s'en aller. Mais pas un bruit ne se fit entendre. Il devait être parti sur la pointe des pieds. Il ne faisait jamais de bruit. Même quand il arrivait, je ne parvenais pas à entendre son pas léger.

« Vous vous êtes calmée ? Ne vous énervez pas comme ça, même si votre rage nous démontre qu'il y a quelque chose de vrai dans mes théories d'officier de cavalerie. » Il ne s'en était pas allé, par bonheur il ne s'en était pas allé : je voulais lui toucher la bouche, mais cet officier de cavalerie souriait sûr de lui, si bien que je lui flanquai deux gifles qui lui firent osciller la tête comme un coquelicot sur sa tige mince. Je le regardai épouvantée. Je vis son visage revenir droit sur son cou.

« Bien. Je vois que vous réagissez. C'est bon signe. Vous savez que vous avez une sacrée force, on ne le dirait pas. Il nous faudra comprendre par la suite la véritable raison de ces gifles. Vous serez assez bonne pour m'aider ? » Il avait dit *m'aider*, avec un visage qui n'avait pas cessé un instant de sourire : je m'élançai les bras en l'air. Cette fois la tête n'oscilla pas sous mes mains et resta immobile à me regarder en souriant encore. Lui aussi était fort, et il semblait si fragile.

« Vous voyez, madame, qu'il y a une autre raison ? Vous m'aiderez à la découvrir ? »

13

Main dans la main, Enzo du regard m'indiquait les couleurs. Il s'inclinait près de moi, il était à ma hauteur, et je pouvais lui passer le bras autour du cou et ses joues étaient chaudes et douces. *C'était le soleil artificiel qui m'avait guérie ?* « Petite demoiselle, tu vois la tige mince qu'a le coquelicot ? comme un cou fin qui doit tenir une tête trop lourde. Tu vois comme le cou se plie sous le poids de cette grosse tête ? » Moi aussi j'avais la tête trop grosse pour le cou : pas vrai, Enzo ? « Tante Grazia le dit toujours. »

« Mais que racontes-tu ! Elle est un peu grosse, mais jolie, très jolie même, absolument comme un coquelicot. Et puis comme le coquelicot tu as un petit quelque chose de rouge dans les cheveux. » Il me détachait de lui, me souriait. « Voyons un peu, petite demoiselle. Voilà, à partir d'aujourd'hui je t'appellerai coquelicot. » Pour être son coquelicot j'inclinais la tête sur une épaule. « Bravo. Tu l'imites très bien ; mais souris. Les coquelicots sourient toujours. Le rouge est la couleur du sourire, et du drapeau rouge. » Par bonheur la mince tige ne s'était pas cassée : pour mieux imiter le coquelicot je posai la main sur la lourde tête rouge. « Attention, ne le touche pas : tu vas lui casser le cou ! » En tremblant, je retirai ma main. Par bonheur, la tige ne s'était pas cassée : elle n'était d'ailleurs pas si fine. Ces joues communiquaient une chaleur qui guérissait. « Madame, que faites-vous ? Vous vous endormez encore ? »

« Je ne sais pas pourquoi, mais j'ai toujours sommeil l'après-midi. Pourtant je n'ai jamais eu l'habitude de dormir l'après-midi. À moins que dans ces dernières années, dont je ne me rappelle rien, je n'aie pris cette mauvaise habitude. Vous en savez quelque chose ? »

« Non, Citto m'a dit que vous ne dormiez jamais l'après-midi, sinon je n'aurais pas fixé cette heure pour vous. Il faut que nous nous souvenions, madame, que nous remplissions ces années que les électrochocs ont effacées. »

« J'ai sommeil. »

« Ce n'est pas du sommeil. Vous voulez savoir ce que c'est ? Ce que vous appelez et percevez, dans vos émotions, comme sommeil, est une défense infantile. Vous savez que lorsque les enfants ne veulent pas capter une désagréable impression du monde extérieur, ils s'endorment tout de suite et évitent ainsi de la subir ? C'est ce que vous faites : vous vous défendez de moi parce que vous sentez que je vous amène à vous souvenir ; et inconsciemment vous ne le voulez pas. De quoi ne voulez-vous pas vous souvenir ? » La joue était douce et chaude. La tige s'était cassée. Je fermai les yeux et vis un champ infini de blé, et sur ce blé le sang du coquelicot que j'avais cassé.

« Vous pleurez ? »

« Oui. »

« Pourquoi ? »

« Parce que j'ai coupé la tête à un coquelicot. Je suis une meurtrière. » Sous mon front je sentais tressaillir la chaleur de la tige qui ne s'était pas cassée. Il riait.

« Vous savez que vous êtes vraiment jolie, quand vous plaisantez ? Mais même dans cette plaisanterie se cache un certain sentiment de culpabilité. Qui vous rappelle le coquelicot que vous auriez assassiné ? »

« Vous. »

« Bien. Nous ne nous connaissons pas encore et vous

voulez déjà m'assassiner. Mais je ne suis pas moi. Qui est-ce que je vous rappelle ? À qui associez-vous ma personne ? »

« À un coquelicot. »

« Mais dans votre jeu avec Enzo, vous étiez son coquelicot, non ? »

« Oui. »

« Alors il est clair qu'en m'assassinant, moi, vous vouliez et en même temps éprouviez du remords à vous assassiner vous-même. Voilà une autre raison de vos gifles d'hier. Vous avez l'habitude de donner des gifles ? Ce n'est pas qu'elles me déplaisent, je suis suffisamment masochiste pour que ça ne me déplaise pas. Dans le passé, qui avez-vous giflé ? »

« Citto, naturellement. »

« Naturellement. Et des femmes, jamais ? »

« Non, jamais. »

« Naturellement. »

« Arrêtez de vous moquer. »

« Je ne me moque pas. Je suis en train de saisir beaucoup de choses, avec vous. Par exemple, je ne soupçonnais pas que je possédais un côté aussi masochiste. Je crains que vous ne me contraigniez à faire une nouvelle analyse. J'ai fait en son temps mon analyse avec un Turinois et, vous connaissant, je me rends compte à quel point c'était vrai quand il disait que pour nous Siciliens l'Italie est un pays étranger. Si vous faites un effort, et chassez ce sommeil, qui comme je vous l'ai dit n'est qu'une défense envers moi, nous comprendrons vos problèmes et cela m'aidera. Voulez-vous le faire pour moi, de ne pas dormir ? Vous savez que depuis que nous avons commencé à travailler ensemble, dans mes rêves, et aussi quand je suis éveillé, sont en train d'émerger des choses nouvelles ? Un analyste doit toujours poursuivre son auto-analyse. Si vous m'aidez, je vous guérirai et vous me guérirez.

Ce matin je me suis souvenu d'un chant de pêcheurs des îles Éoliennes que j'ignorais même connaître. Il dit :

> « *Nun eru natu e nasceri vulia,*
> *ora su natu e nun vurria campari*
> *ci curpa la tiranni sorti mia,*
> *idda mi fici e non m'avia a fari.*
> *Mi fici riccu di malincunia*
> *e puvureddu di roba e di dinari.*
> *Non appi beni di la carni mia,*
> *comu ni pozzu aviri di li strani*[10] *?* »

Il savait le sicilien. Quand il disait ces vers, ses lèvres bougeaient d'une façon étrange ; ses dents blanchissaient à ces sons coupants : elles brillaient, blanches, jasmin ou amande. Peut-être avaient-elles aussi le goût des amandes.

---

10. « Je n'étais pas né et je voulais naître, / maintenant je suis né et voudrais ne pas vivre / la faute en est à mon destin cruel / il m'a fait et n'aurait pas dû me faire. / Il m'a fait riche de mélancolie / et pauvre de biens et d'argent. / Je n'ai pas reçu de richesses de mes parents, / comment pourrais-je en recevoir des étrangers ? »

14

« Dans ce rêve, vous vous identifiez à Wozzeck. Cela révèle que vous avez subi, du fait d'un régime de privations qui serait une carence d'affection de la part de votre mère, vous avez subi, disais-je, une alimentation insuffisante qui vous fait parfois perdre le sentiment de votre corps : une dévalorisation de votre personnalité qui vous rend peu sûre de vous-même, surtout dans les rapports affectifs. Vous avez eu si faim que le souvenir de cette faim subie ne vous permet pas de vous rassasier, et quelle que soit l'affection qu'on puisse vous démontrer, elle ne parvient pas à combler le souvenir de cette faim ancienne. Voyez-vous, madame, l'enfant a besoin d'amour comme de nourriture, et quand celui-ci vient à manquer, on a les formes de dépression que vous présentez : qui ne sont rien d'autre qu'une dévalorisation de soi-même, une façon de se sentir abandonné des autres qui n'est pas autre chose que le retour de l'état d'abandon passé, apparemment subi dans l'enfance. Savez-vous comment s'appelle ce type de névrose ? L'abandonnite. »

« Mais j'ai aussi été très malade, peut-être comme détraquée en certaines choses… »

« Sans doute, mais ceci après. Nous parlons de votre première année, et peut-être même d'avant. » *Peut-être même d'avant…* j'aimais comme il parlait, mais je préférais *comme avant*. Quand avait-ce été ? Il y avait une semaine ? Un mois ?

« Et comment parlais-je avant ? »

« Je ne sais pas, mais vous parliez… autrefois… »

« Mais bien sûr... il y a deux jours... en sicilien... le poème... » Oui, le jasmin et les amandes... une nostalgie si forte me prit que je ne pus...

« Dites-le-moi une nouvelle fois... je me rappelle maintenant... je voudrais l'apprendre... »

« Je peux vous l'écrire. »

« Oui, mais d'abord dites-le-moi une nouvelle fois. » *Nun eru*... dans les sons durs et profonds... *e nun vurria campari*... l'odeur du jasmin blanchissait ses dents, les faisant briller... *idda mi fici e nun m'avia a fari*... ou c'étaient des amandes?... *e puvureddu*... qui sait si elles avaient le goût des amandes... Il n'y avait qu'à tendre la main et Nica me donnerait cette amande blanche ; elle les ouvrait toujours pour moi. Je levai le visage, et de la bouche je cherchai ces amandes. Cette bouche exhalait un parfum d'amandes, et les éphélides se transmuèrent en une pluie d'étoiles à la mi-août. La nuit était venue. J'ouvris les yeux et rencontrai le soleil : il me fixait immobile, blanc : je ne m'étais pas aperçu qu'il avait la peau aussi blanche (ou il avait pâli?). L'odeur de jasmin me transportait doucement et me força à ouvrir la bouche. J'étouffais. Que disait-il? Moi aussi je sais un poème : il parlait mais je ne pouvais l'écouter. Ce poème me pressait aux tempes, voulait sortir... *Si scurdurannu di essiri puvureddi e pi lu munnu sinni ieru vestuti i strazzi poi si ficiru giacchi cui giurnali e cu' cartuni un tabbutu pi ripusari*[11]... Il vous plaît? »

« Il est très beau. Et qui sont ces *puvureddi*? »

« Mais vous et moi... les Siciliens... où est-ce que je l'ai lu? » Je ne respirais pas : même avec la bouche ouverte le parfum m'étouffait. Me faisait tourner la tête. Où l'avais-je lu?

---

11. « Ils oublièrent qu'ils étaient pauvres, et ils s'en allèrent de par le monde vêtus de guenilles. Puis ils se firent des vestes avec des journaux, et une couche avec des cartons d'emballage pour se reposer. »

« Ne serait-ce pas que vous l'aviez écrit, et vous en êtes souvenue maintenant ? »

« Non, je ne l'ai pas écrit. J'en ai écrit beaucoup en italien, mais en sicilien jamais. Il m'est venu ainsi… » Ma voix disait « j'en ai beaucoup écrit ». J'en avais beaucoup écrit, et : « Mais j'écris… Oui, j'écris depuis si longtemps des poèmes, et aussi des nouvelles. Où sont-ils ? Il faut que je les cherche… » Ma voix forte m'éveilla, m'arrachant à ce parfum chaud, et, au milieu de la pièce, dans la lumière du soleil, des feuilles blanches sur d'autres feuilles blanches, couvertes d'une petite écriture, riaient. J'écrivais, oui. Du puits de ces années sans mémoire ces petites feuilles entassées me parurent un cadeau inopiné et fabuleux. Oui, je n'étais plus comédienne. Quand était-ce arrivé ? Ah oui ! une nuit. Combien d'années auparavant ? Je me décidai. Je pris un bloc de papier, et j'écrivis quelque chose : trois, quatre pages. Citto dormait à côté de moi profondément, et ne se réveillait jamais quand j'allumais la lumière pour lire, mais cette nuit-là si, cette nuit-là, sans se retourner, il demanda : « Tu écris ? »

« Oui. » « Un poème ? » « Oui. » « Bien. »

Naturellement, il était raté, et je le jetai par terre, mais le matin Citto le lut et fut enthousiaste. Citto me poussa, comme tant d'années auparavant : me prenant par la main, il me conduisit hors de ce cercle sourd que la folie de ma mère avait scellé autour de moi. Les répliques n'avaient plus de saveur dans ma bouche, comme de la nourriture sans sel ; les gestes de ces personnages sans contours ternissaient dans mes mains. Je cessai de jouer : pourquoi devais-je continuer à faner, écrasée entre ces répliques et ces gestes poussiéreux et décolorés comme des fleurs de papier ? J'avais Citto : il m'entraînait serrée contre lui dans les rues de Rome, et sans me laisser jamais un instant il m'enseignait les couleurs, les palais, les visages cadrés par la caméra, émouvants dans la lumière de ces réflecteurs qui avaient des noms fabuleux, le cinq mille, le dix mille, l'arc. Il m'entraînait et me parlait d'abandons, d'amis qui se pressaient autour de lui et qui riaient avec nous. Et des histoires naquirent de lui et moi enlacés dans les rues de Rome, la nuit enlacés dans le lit, longues nuits sans rêves, et le jour enlacés, tâchant de faire coïncider, moi mon pas au sien, lui le sien au mien : nous nous racontions des histoires d'enfants, de fleuristes, et cætera, qu'ensuite il mettait derrière la caméra, et qui par un prodige extraordinaire vivaient après cela de leur vie propre sur ce carré de blanc opaque qui tressaillait de vie dans l'obscurité de la salle de projection. Les pellicules le premier plan le plan américain le trente-cinq millimètres la dolly... « Oui, oui, madame... mais calmez-vous maintenant... Étendez-vous... » Et comment le pouvais-je ? De l'obscurité de ce puits sans souvenirs un flot riant d'eau limpide m'emportait. « Je me calme, ne vous inquiétez pas ; mais il faut que je le voie. » « Allez-y. » Le voici qui monte les escaliers. Je me précipitai dans l'escalier : « Qu'y a-t-il, Iuzza ? Tu ris ? Tu ris enfin ? »

« Oui, je me suis souvenue... je me suis souvenue que j'écris et que tu es cinéaste... » Nous nous embrassâmes, mais quand je le détachai de moi de grosses larmes lui coulaient sur le visage. Quand avait-il pleuré ainsi, où et pourquoi ? À un enterrement... et de qui ?

« Citto, où est maman ? » Les pleurs s'étaient transformés en sanglots ; une autre fois il avait sangloté ainsi. « Mais Iuzza, si tu t'es souvenue que tu écris, tu devrais te souvenir que c'est quelque chose qui est arrivé après, après, quand nous avons quitté la via Tripoli. » La via Tripoli pleine de gens : la porte grande ouverte encore une fois, encore une fois les drapeaux rouges et les œillets, et encore une fois Citto pleure à côté de moi. C'était à l'enterrement de ma mère qu'il pleurait ainsi. Une paix sourde comme alors me fit prendre Citto par la main et je l'emmenai à l'intérieur et comme alors nous nous embrassâmes ! serrés dans le lit de notre enlacement sans mémoire.

15

Nous restâmes enlacés pendant des nuits et des nuits et des jours et des jours et encore des jours et des nuits, jusqu'à ce que l'odeur douce du jasmin libérée par le soleil de la fenêtre grande ouverte me réveille au milieu de la blancheur des feuilles : poèmes, nouvelles, notes. J'avais fait tout ce travail. « En combien d'années, docteur ? »

« Cinq. »

« C'est extraordinaire, je n'arrive pas à y croire. Et ce qu'il y a d'encore plus extraordinaire est que certaines de ces poésies et de ces nouvelles me plaisent… Même si elles ne sont presque toutes qu'un exercice, prenez-les : je pense qu'elles vous serviront à me connaître plus que mes rêves. » Je les lui tendis et je vis mes poignets se réveiller blancs comme le jasmin, imprégnés de l'odeur de ses doigts qui s'ouvraient comme des étoiles brillantes sur le fond obscur de la nuit. Sa proximité déployait toujours une chaude nuit d'été autour de moi, éclairée par les étoiles filantes de ses éphélides. « Et maintenant que je rêve tout le temps, et aujourd'hui encore je vous l'ai raconté, ce rêve terrible, et j'ai écouté votre explication ou votre lecture, comme vous dites, encore plus terrible, si c'est possible, que le rêve lui-même… Vous me laissez compter vos éphélides ? Il doit y en avoir cent et cent et cent et encore cent, comme disait Nica quand elle voulait me faire comprendre l'infini. » Il n'y en avait pas cent et cent et cent mais elles s'ouvraient en centaines et centaines et centaines sous mes doigts.

« Vous savez que vous avez la façon de toucher des aveugles ? On dirait que vous sentez avec les doigts. J'ai eu autrefois une patiente… » et il ne parlait pas seulement pour lire dans l'histoire fabuleuse des rêves, il racontait aussi des histoires fabuleuses de rencontres incroyables, d'émotions insoupçonnables, de ses expériences de médecin, puis de psychiatre.

J'écoutais et je comptais ces étoiles qui se détachaient de ce ciel blanc sans contours et me glissaient entre les paumes comme du givre. Je les caressais en comptant : c'était la nuit qui désormais descendait m'entourer de ses bras, chaude et fraîche nuit de la mi-août.

« Non, madame, non, maintenant vous allez mieux et vous ne devez pas continuer à me caresser comme une petite fille. Vous savez que parfois vous avez l'expression d'une petite fille apeurée ? Mais vous êtes une femme forte aussi, et intelligente : vous devez sortir de ces émotions infantiles… » Quelqu'un avait ouvert tout grand la fenêtre : un vent froid gifla mes épaules et mes poignets. « Qu'y a-t-il, madame ? Pourquoi vous taisez-vous brusquement ainsi ? Vous étiez en train de me parler de Nica. »

« J'ai froid et j'ai peur. »

« Je le savais. »

« Et si vous le saviez, pourquoi me le demandez-vous ? »

« Pour me l'entendre confirmer. Et savez-vous pourquoi ce froid et cette peur soudaine ? Parce que vous êtes une abandonnique, et en bonne abandonnique vous avez saisi l'occasion de vous sentir abandonnée juste parce que je vous ai dit que quelque chose devait changer entre nous. Vous avez senti un reproche, vous vous êtes sentie inacceptée, de la même façon que probablement vous n'avez jamais été acceptée charnellement, disons, par votre mère, et vous avez pensé que je voulais vous abandonner. Mais je ne vous abandonne pas, ni ne veux que vous changiez, parce que je vous apprécie telle que vous êtes : je veux seulement que vous vous renforciez un petit peu, que vous preniez conscience de vous, que vous preniez conscience que vous êtes une femme de valeur que personne ne voudrait jamais abandonner. Vous devez prendre conscience, vous devez amener à votre conscience le mécanisme abandonnique qui vous rend trop patiente et craintive avec les autres. Vous n'avez pas besoin des autres, ou du moins pas comme vous vous le figurez dans vos représentations infantiles. C'est vous qui voulez être abandonnée, c'est pour cela que vous le craignez tant. Vous voulez éprouver cette émotion qui dans vos premières années s'identifiait à la vie elle-même. Vous avez connu la vie à travers cette émotion et vous voulez la ré-éprouver parce que dans votre inconscient il n'y a pas de vie sans cette émotion. Vous vous souvenez du rêve que vous avez fait d'être abandonnée par votre mère dans la rue ? Pour vous la vie, les rues sont cette émotion. Savez-vous comment s'appelle le mécanisme de revivre dans le présent des situations passées pour retrouver ces émotions, qu'elles soient positives ou négatives, parce qu'on n'a connu et expérimenté que celles-là et qu'elles s'identifient donc avec la vie même ? Un destin captif, une névrose de destinée. » Ce qu'il disait était d'une extrême justesse : un destin captif, oui. Peut-être. Mais j'avais froid : la nuit aussi ce gel, qui était brusquement tombé sur mes épaules et sur mes mains de la fenêtre que quelqu'un avait ouverte toute grande, me tint éveillée : éveillée toute la nuit, ou alors je dormis ensevelie entre deux draps de glace.

16

J'étais éveillée, ou je dormais debout entre ces deux murs de glace ? Un ciel de neige s'entrevoyait en haut. Ou était-ce une mer gelée suspendue au plafond ? Un vent glacé. Ou étaient-ce les doigts de vent et de grêle des « femmes » ? Elles me poussaient le long de ces murs et maintenant que je m'étais arrêtée elles me tiraient, me tiraient dans une immense pièce blanche de faïences. Non, ce n'étaient pas les « femmes » : le professeur Jsaya m'emmenait par la main au fond de cette grande pièce jusqu'à ce qu'il s'arrête et m'indique le mur sans parler (il n'avait ni bouche ni âge). Entre les faïences blanches il y avait dans une niche un cheval encastré avec les jambes de devant soulevées, sa tête entre ses sabots avait de grands yeux humains, son poitrail et son ventre étaient tendus en avant comme pour les exposer. Le professeur Jsaya, avec un long couteau effilé, commença lentement à détacher la peau flasque et jaunâtre, comme gonflée de pus, de ce cheval. Je voulais détourner le visage pour ne pas voir mais les paumes de vent et de grêle me tenaient le visage levé en direction des yeux du cheval. Ils étaient noirs et profonds… si grands qu'ils s'élargissaient en un seul œil sombre et velouté comme un ciel nocturne. De cet œil humain jaillissaient des larmes tandis que le professeur Jsaya détachait la peau morceau par morceau, et puis la première couche de graisse et de chair, il pleurait… je voulais crier mais moi non plus je n'avais pas de bouche… l'œil pleurait et les larmes en roulant sur l'encolure du cheval se transformaient en perles... en suivant la chute de ces perles je vis que le tas de peaux et de chairs mou et flasque qui tombait du couteau en un monticule par terre, aux pieds du professeur Jsaya, se transformait au contact de ces perles en feuilles de papier couvertes d'une écriture menue et serrée... « Voilà, l'opération est faite... regarde comme elle a bien réussi. » Je relevai les yeux du tas de papier au poitrail du cheval : sous cette peau et cette chair flasques que le couteau avait enlevées, une trame de tendons et de veines et de nerfs et de filaments d'argent élastiques et vibrants brillait dans le rouge vif de la chair palpitante de vie...

« Ce rêve, madame, nous dit pas mal de choses intéressantes : d'abord, que vous avez saisi dans votre subconscient le mécanisme de la névrose de destinée : en effet, vous m'identifiez enfin, non plus à un commissaire de police, à un petit voleur sicilien ou à un Indien qui vous poursuit avec un couteau pour vous tuer, mais à une personne qui a eu une grande importance émotionnelle dans votre imagination d'enfant : ce professeur Jsaya... qui vous a abandonnée, et c'est pour cela que vous craignez que je veuille vous abandonner, mais ce professeur Jsaya lui aussi était probablement déjà un prétexte pour vous cacher, pour recouvrir – un souvenir-écran, comme on dit en langage psychanalytique – la personne qui la première vous a donné ce sentiment d'abandon... probablement votre mère. Nous verrons plus tard. Ou mieux, c'est vous qui me le direz dans vos prochains rêves. En plus de cela, qui est déjà un pas en avant, on lit dans ce rêve que vous avez pris conscience que l'analyse n'est pas une confession ou une pratique rassurante et réconfortante mais une véritable opération – justement, comme vous l'avez rêvé, une laparotomie, étant donné que le cheval de ce rêve, c'est vous, vous aimez les chevaux, comme vous me l'avez dit… le cheval est tel que vous voudriez être et en effet ce cheval a les yeux de Nica, autre part de vous-même… mais la chose la plus importante qui ressort de ce rêve est que vous nous donnez le diagnostic de votre névrose, indiquée ici par la peau et la chair pleines de pus qui, détachées, deviennent des feuilles de papier écrites de votre écriture, donc : premièrement, vous pensez que votre travail jusqu'ici – et à cause de cela vous n'en êtes pas contente – a été contaminé par le pus et par la chair flasque de votre maladie ; deuxièmement, vous nous dites que les larmes qui indiquent la souffrance, du fait de cette opération que nous avons commencée, se transforment en perles qui, en touchant la peau et la chair enlevées, c'est-à-dire votre travail, vous montreront comment écarter, détacher, nettoyer ce travail d'émotions et d'idées morbides qui ont leur fin en elles-mêmes. Mais la chose la plus importante de votre diagnostic est que, en n'enlevant que quelques couches de peau et de chair, on arrive vite à votre psyché saine qui est cette chair rouge et vivante qui tient solidement liés les veines et les nerfs du corps du cheval : votre corps psychique. Voilà qui est rassurant, et je pense que vous avez raison dans le diagnostic que vous nous donnez de votre mal… nous verrons… Mais pourquoi vous tenez-vous roulée en boule comme un chat ? Vous êtes un cheval, à ce que vous m'avez dit par le rêve. Vous avez toujours froid ? Comment se fait-il que vous souffriez du froid ? Du moins est-ce ce que vous m'avez dit, je crois. Vous n'êtes pas parvenue à détacher de vous, objectiver, ce froid et à comprendre qu'il n'est que le vieux mécanisme abandonnique qui vous prend et vous emprisonne dans un état d'impuissance. Qui n'est d'ailleurs pas autre chose, comme je vous l'ai dit, qu'un sentiment de dévalorisation de vous-même dès que vous doutez : vous croyez percevoir un éloignement ? »

« Si, j'y suis parvenue, me semble-t-il, en partie, mais… cette peur est… oui, docteur : j'ai peur parce que je suis en train de tomber amoureuse de vous… il faut que je vous le dise tout de suite, pour que vous sachiez, vous agissiez en conséquence… Envoyez-moi chez l'un de vos collègues. »

« Oui, je le sais, mais pourquoi en êtes-vous si effrayée ? Vous avez eu du cran de me le dire. Généralement les patientes cherchent à le cacher… vous êtes très courageuse, peut-être un peu trop pour une femme… cela vous empêche de vous abandonner et… vous êtes une femme… madame, même si l'on vous a obligée à agir comme un homme, vous êtes une femme… vous ne pensez pas ? »

« Il ne me semble pas qu'il y ait toute la différence que vous me dites entre homme et femme, il s'agit d'individus à chaque fois. Et puis, écoutez, excusez-moi… mais envoyez-moi chez un autre… »

« Et chez qui ? Je ne vois personne aujourd'hui en Italie, pardonnez le manque de modestie que je révèle, je n'ai pas de fausses modesties inutiles. J'ai appris à m'en libérer, comme d'émotions sales qui naissent d'inhibitions et d'une fausse conception de l'honnêteté. J'ai appris à m'en libérer comme vous l'apprendrez avec moi. Je ne vois personne qui puisse vous soigner, et puis ce que vous percevez par erreur comme "amour" n'est qu'un transfert, vous vous souvenez du transfert ? Nous en avons parlé. Eh bien, ce transfert nous sera d'une grande utilité dans l'analyse : parce qu'à travers le filtre de ce que vous allez transférer comme autres visages, comme autres émotions sur mon image (vous vous souvenez de ce que je vous ai dit : je suis pour vous un écran blanc que vous remplissez tour à tour de vos émotions, des visages du passé), sur cet écran blanc nous saisirons les émotions excessives, les sentiments exaspérés dont vous croyez qu'ils se nourrissent du présent et qui en fait se nourrissent dans votre inconscient de vieilles émotions défraîchies, de vieilles représentations infantiles déformées et paralysantes. À travers ce transfert nous saurons quels désirs frustrés, quelles demandes non exaucées, vous avez subis de la part de votre mère et de votre père. Dites-moi, madame, dans cet élan que vous accusez envers moi, n'y a-t-il pas quelque chose d'impalpable, de flou, de nébuleux, d'incertain ? À qui vous semble-t-il que je ressemble ? »

« À personne que j'aie jamais connu, et même si je comprends ce que vous dites et le trouve juste et, pardonnez-moi ce mot, poétique... dit par vous, Freud me semble un grand poète, transfert ou pas transfert, j'ai peur... ne serait-ce que parce que je ne sens rien d'abstrait ni de nébuleux dans votre présence et vous le savez... vous savez que je m'aperçois de tout ce qui vous advient. »

« Oui, c'est vrai, mais cela parce que vous avez une sensibilité extraordinaire et une capacité d'association et de synthèse des expressions dans les individus. Savez-vous que vous auriez dû être médecin ? Et c'est précisément pour cela que vous êtes une patiente particulièrement difficile et intéressante. Moi seul peux vous guérir. »

« Ce n'est pas à cause de cette sensibilité que vous m'attribuez que je comprends... c'est parce que je suis en train de tomber amoureuse de vous, cela m'arrive toujours... »

« Et vous ne pensez pas que les autres fois aussi où vous avez été amoureuse, comme vous dites, cet amour était excessif, déformé, et que peut-être il n'était pas réel, que c'était seulement un transfert ? Vous en êtes si sûre ? »

« Écoutez, sûre ou pas, n'auraient-ils tous été que transfert, sauf qu'un transfert de seize ans avec Citto me semble déjà prendre une autre coloration... Et puis même si vous vous obstinez à dire que je suis une enfant qui ne s'est nourrie que de transferts, quoi qu'il en soit, j'ai trente-huit ans et je vous assure que l'élan que j'ai pour vous est tangible et ce qui est étrange, que je n'ai peut-être jamais éprouvé... très... eh bien oui... très charnel... j'ai froid... envoyez-moi chez quelqu'un d'autre... »

17

… j'avais froid, il fallait que j'échappe à ce froid glacial qui désormais m'assaillait de toutes parts quand il entrait dans la pièce, dans le soleil…

« Envoyez-moi chez quelqu'un d'autre. Non, je n'ai rêvé de rien. Envoyez-moi chez quelqu'un d'autre. »

« Nous faisons la grève du rêve ?... Vous êtes vraiment une syndicaliste née ! »

« Ne plaisantez pas, envoyez-moi chez quelqu'un d'autre. »

« Il faudrait que je sois fou ! Madame, réveillez-vous de la torpeur de "sentiments" qui ne sont que de vieilles défenses qui ne vous sont plus aujourd'hui d'aucune utilité. Éveillez-vous, essayez de porter à votre conscience que ce sentiment que vous croyez percevoir pour moi est une invention que vous faites pour… vous voyez, vous vous imaginez amoureuse de moi pour vous défendre, vous croyez ne plus vouloir me voir pour échapper à ce sentiment que vous estimez immoral parce que je suis médecin et marié et que j'ai trois enfants, mais… »

« Et pourquoi avez-vous enlevé votre alliance ? Vous disiez qu'on était en train de vous la refaire mais six mois ont passé et… »

« Laissez, c'est là une dynamique à moi que je dois suivre, vous n'êtes aucunement concernée. Laissez : comme je le disais, pour vous défendre, vous imaginez devoir fuir ce sentiment et en fait cette fuite cache encore une fois une défense contre moi, autant dire contre l'analyse ; comme tous les malades, vous ne voulez pas guérir, et vous protégez votre maladie qui désormais, dans cette longue connivence, est devenue en vous, dans vos émotions, s'est confondue à la vie elle-même… vous craignez, en la perdant, de n'avoir pas d'autre possibilité de vie, vous vous êtes identifiée à votre maladie. Vous craignez, si vous vous libérez de cette forme de vie, de n'en pas trouver d'autre, et ainsi, comme tous les malades, vous protégez de moi votre maladie, avec cette fausse émotion. Généralement le patient trouve des défenses plus infantiles, improbables, comme le manque d'argent pour se soigner… le manque de temps… les plus narcissiques disent clairement qu'ils se plaisent comme ça et ne veulent pas changer. Vous êtes trop intelligente et saine, en profondeur, et avec en partie une vision de la vie très tangible, réelle, dirais-je, presque scientifique, – si bien que ne pouvant vous dire à vous-même : je ne veux pas me soigner, vous dites : je me soignerais, mais vu que je suis tombée amoureuse, il est logique que je ne doive plus fréquenter l'objet de cet amour impossible et sans avenir… »

« Mais je vous plais, docteur… je le sens… »

« Et alors ? Bien sûr que vous me plaisez. Et même si vous me plaisiez au point de dire, comme vous dites, que je suis amoureux, croyez-vous que cela pourrait m'empêcher de vous soigner ? Vous avez une vision déformée, exagérément tragique et brutale de l'amour, et cela parce que dans le milieu où vous avez vécu, les manifestations d'amour, d'érotisme autour de vous s'exprimaient dans des couleurs brutales et tragiques. C'est cela qui vous a amenée à vous défendre en vous refermant, en niant en vous ces émotions et ces élans, en vous persuadant de n'en avoir aucun besoin par peur d'en être écrasée. Vous paraît-il logique, naturel, qu'une jeune fille telle que vous deviez être et êtes, vivante et sensible, n'ait jamais eu aucun rapport, ne serait-ce que de baisers ou de promenades main dans la main, comme cela se passe dans l'adolescence et la première jeunesse ? »

« Et Citto, alors ? »

« Mais votre rapport avec Citto est venu trop tard, à vingt-deux ans, et, comme vous me l'avez dit vous-même, aujourd'hui encore vous soupçonnez que si vous n'aviez pas trouvé Citto, tout aurait été plus difficile, peut-être impossible à résoudre. Citto, toujours selon ce que vous avez dit, a une personnalité exceptionnelle ; une douceur et une absence de vulgarité qui vous ont permis de vous abandonner à lui... vous vous êtes réfugiée en lui... en lui vous a été possible une fuite de la réalité qui vous a permis de survivre. Mais après ? Au bout de dix ans, quand vous avez essayé à nouveau d'entrer dans la réalité ? À la première rencontre, la vieille peur des hommes ensevelie en vous, mais non résolue, a émergé de nouveau, et vous vous êtes retrouvée frigide, comme vous dites. Excusez-moi si je vous répète ces choses que vous m'avez dites en partie, je ne voudrais pas que vous les perdiez de vue. Vous vous souvenez de ce que vous m'avez dit à propos de votre tentative de suicide et de ce... peintre ? »

« Je m'en souviens parfaitement et je le confirme... je n'ai pas essayé de mourir pour lui ; il me tourmentait, oui, avec sa brutalité... mais j'ai tout de suite compris que c'était un malade et cette année-là ce rapport ne fut qu'un effort de repousser le sentiment qui m'avait prise pour lui mais que je sentais mort-né sans possibilité de développement, à cause de la différence qu'il y avait dans toutes les manifestations de la vie et de l'esprit, entre lui et moi... ce fut cette découverte, comme je vous l'ai dit, que j'étais frigide comme une poupée, qui m'a jetée dans le désarroi, en plus du fait que m'éloignaient de Citto, Citto de moi... le vingtième congrès... ma tentative de sortir d'une construction idéologico-religieuse qu'on m'avait imposée, chez moi, et qui s'était structurée dans mes os, devenant mon squelette même. Ce n'est pas pour rien que j'ai commencé à écrire après le vingtième congrès, mais me refaire une virginité, comme on dit... me refaire une liberté... cela aussi, ça m'a désorientée... et pas seulement moi... beaucoup se sont retrouvés égarés à cette époque et errent encore comme des gens qui ont perdu la voix et les mains et qui n'arrivent pas à se refaire un langage, une façon de se comporter... excusez-moi, docteur, mais en plus des traumas infantiles, du père et de la mère, il y a aussi l'histoire... »

« Bien sûr, bien sûr, l'histoire est une réalité, mais une réalité qui vient plus tard, quand l'individu est déjà formé. Mais nous devons nous en tenir à la première période de votre formation, qui va du ventre maternel à six ans. Nous ne devons pas nous laisser dévier. C'est là que nous devons creuser, c'est là que nous trouverons la matrice de vos défenses, que vous avez dû alors vous construire pour survivre, comme nous le lisons dans votre histoire et comme il advient toujours : ces défenses vous ont été nécessaires pour éloigner, combattre des formes de vie qui vous auraient alors écrasée ; mais, comme il advient toujours, si ces défenses infantiles ne se modifient pas avec le temps au contact de la vie, on ne devient pas adulte, et on reste emprisonné dans ces défenses qui deviennent des chaînes et des calottes de fer qui enserrent le cerveau et le réduisent en bouillie, comme vous l'avez rêvé, et qui vous écrasent au lit en vous donnant un sentiment d'impuissance qui n'est rien d'autre, maintenant que vous êtes adulte, que de sentir que vos jambes sont restées fragiles comme lorsque vous étiez enfant, votre voix fluette... Vous sentez ainsi le monde vous échapper des mains, vos mains trop petites pour les choses à l'intérieur et en dehors de vous qui ont grandi… ces défenses vous ont servi… la fuite de la réalité en Citto vous a servi jusqu'à il y a deux ans, mais maintenant continuer dans ce nid ouaté que Citto vous offre avec sa protection et ses histoires merveilleuses serait une sorte de mutilation volontaire pour vous et pour lui. Parce que, comme il arrive toujours dans les rencontres, vous avez fui la réalité en lui, lui en vous, et ce serait un mal pour lui aussi. Vous devez vous réveiller. Je démolirai une à une ces vieilles défenses moisies qui vous entraînent à moisir avec elles. Une à une, je les démonterai et vous verrez, faites-moi confiance, vous trouverez autre chose, vous trouverez autre chose»… j'avais froid… je cherchai un châle… il ne réchauffait plus… fuite de la réalité… c'était si beau… il fallait que j'écrive une nouvelle là-dessus… une nouvelle ou un poème? Mais le stylo tremblait dans mes mains… j'avais trop froid… même quand j'écrivais mon écriture était si tremblante que personne n'aurait pu la déchiffrer… personne n'aurait pu la déchiffrer… le châle ne réchauffait plus, il valait mieux entrer sous les couvertures et attendre que passe ce tremblement…

18

Et maintenant aussi ce froid dans le soleil de la fenêtre grande ouverte fait trembler les mots qui se composent en hiéroglyphes sombres de peur, graffiti inintelligibles sans passé ni futur. Personne ne sera en mesure de déchiffrer les signes fermés de cette peur que j'éprouve… personne, ce que je suis en train d'écrire, personne… à trois ans de ce froid qui s'insinua dans mes os depuis que quelqu'un, mains invisibles (les mains de vent et de grêle des femmes?), ouvrit grand la fenêtre et au fur et à mesure que sa voix de nouveau sans bouche et sans âge se déroulait monotone en un long fleuve glacé, transparent, révélant des oiseaux marins des abysses au bec cruel, des escarpements de rocs vertigineux, aigus… elle se faisait plus coupante, comme une lame effilée elle entrait dans les connexions les plus profondes de mes nerfs, sectionnant tendons, ligaments, veines… qui déchiffrera ces lignes que j'écris? Un froid peut-il durer si longtemps? Il a démonté, il a fait sauter avec son couteau mes défenses… mais rien qu'elles? Peut-être m'a-t-il aussi détaché la peau, la première chair, la seconde, avec son bistouri psychanalytique, et ainsi la trame délicate des nerfs et des veines, découverts, tremble à chaque souffle d'air, à chaque nuage, à chaque ombre qui descend dans cette pièce… ma nature parviendra-t-elle à faire se recomposer ma peau? Ou devrai-je trembler ainsi toute ma vie? C'est le printemps… y parviendra-t-elle?… C'est le printemps, on a éteint les radiateurs et à l'intérieur les murs sont froids alors que dehors l'air est gorgé de soleil chaud… il faut que je descende sur la terrasse… il faut que je contrôle… il y a deux jours les radiateurs ont été éteints et le même froid m'a poussée en bas sur la terrasse… non, c'est le jaune des tulipes écloses dans l'obscurité d'une seule nuit qui m'a appelée en bas sur la terrasse. Mirella me les a portées en automne, trouvant anormal le fait que ces dernières années je n'en aie plus planté. Elle me rappelait à la vie, en dehors de ce travail, du deuil qui prenait toutes mes forces ? Oui, elle me rappelait à elle, Mirella, le jaune est sa couleur… cette floraison jaune m'appela et je descendis, pour un instant au moins je devais répondre à son appel, pour un instant au moins je devais les regarder toutes, une à une… elles étaient si nombreuses qu'il me fallut toute la matinée… « Pour comprendre le sens caché, la mémoire ancestrale, la signification, le secret magique des couleurs, il faut les regarder longuement, les étudier. La couleur, bien qu'elle soit tellement évidente, ne révèle pas son message le plus profond immédiatement, il y faut de la patience et de la constance. Tu vois, Goliarda, j'étudie la botanique, je veux devenir botaniste même si mon père veut que je sois médecin comme lui. »

« Mais tu étudies dans la même classe que Licia, elle fait des études pour devenir médecin, elle m'a promis que si je tombe malade une autre fois, ce sera elle qui me soignera et alors je guérirai à coup sûr : elle est intelligente comme Galilée et comme Pasteur… Ivanoe le dit toujours… »

« Oui, j'étudie dans la classe de Licia, qu'à l'Université on appelle Faculté, mais cela seulement pour ne pas déplaire à mon père. Il ne faut jamais déplaire aux vieux. Même si on ne les comprend pas, d'ailleurs il ne faut pas les comprendre mais les accepter, il ne faut pas les attrister dans ces derniers moments charnels que la nature leur accorde, il faut les accepter et avoir confiance dans sa propre jeunesse. Je suis jeune : il ne te semble pas que je peux étudier la médecine pour le tranquilliser et la botanique pour mon plaisir ? Je suis fort et il suffit de dormir quelques heures de moins… et puis j'ai découvert qu'étudier les trames des veines, la couleur du sang, me fait mieux comprendre les fleurs, les arbres, les herbes. Est-ce que la trame des veines n'est pas comme les arbres ? Et comment aurais-je pu comprendre que tu es un coquelicot, si je n'avais pas également étudié le corps humain ? Tu es un coquelicot par ton thorax, tu ne vois pas ? Tu as des branches bleues qui s'allongent, bifurquent, se déroulent et fleurissent en formes fantastiques… »

« Ah oui ? Où ? »

« Tu ne vois pas les veines bleues sur tes épaules et au-dessus aussi sur ton cou ? Tu la vois, cette branche qui s'ouvre en deux et s'étend jusque sur la joue et la tempe ? » Je ne dis rien mais je fus très fière d'avoir toutes ces branches. Je voulais le dire à tout le monde, mais c'était un secret entre Enzo et moi, et la joie de ce secret effaça le désir de le dire à Carlo, Libero, Ivanoe… Oui, Enzo, c'est vrai, la couleur ne se révèle pas si facilement et je les regardai longuement toute la matinée une à une… dans l'une de ces tulipes il y avait un petit animal au corps bleu foncé taché de marron et aux ailes bleu clair qui se nourrissait de pollen jaune… hier je suis revenue et il était toujours là… aujourd'hui je suis revenue et il était complètement plongé dans le pollen qui faisait maintenant des dunes de nourriture douce et chaude ! Il ne bougeait presque pas, le bleu foncé et le bleu clair de son corps étaient submergés par le jaune, on ne l'apercevait plus. Effrayée, je le touchai pour le secouer de cette léthargie de nourriture, il bougea à peine, paresseusement, contrarié… il mourait étouffé par l'aliment qui le nourrissait ? Devais-je le faire sortir ? Non, il semblait heureux et rassasié… « Le destin doit s'accomplir. » Oui, Nica, le destin doit s'accomplir… il était nourri et heureux. Le pollen l'étouffera ? Il mourra de la nourriture qui le nourrit ? « Le destin doit s'accomplir dans la joie et dans la mort »… mort par douceur, plénitude de nourriture douce, jaune et parfumée de vie comme le pain de Scicli : jaune et croquant, né du travail des bras vigoureux des garçons et des larmes fraîches et doucement salées des filles. Vous dites que je cherche la mort, docteur ? Oui, aujourd'hui 15 avril 1966 je vous dis oui, non seulement je la cherche mais j'aspire à la mort comme nourriture, plénitude rejointe dans la joie. Oui, mort par la joie. Mais je dois retourner en haut dans le froid de la pièce, je dois achever d'accomplir ce travail de deuil, cette épreuve de porter vêtements noirs, jupes, chemisiers, bas et chaussures noirs. Ou écrire une nouvelle sur ce thème : « fuite de la réalité » ? ou un poème ?…

19

… une nouvelle ou un poème ?… Non, je dois finir d'abord ce travail de deuil… je ne peux faire en sorte, feindre d'avoir de la peau, de n'avoir pas froid. Peut-être sous les vêtements noirs de cet hiver de deuil ma peau se recomposera… Fuite de la réalité… Oui, nous fuyions ensemble la réalité de certains visages, de visages distordus, tatoués du souvenir atroce d'une guerre inutile, tendus par l'avidité de piller cette paix fictive d'abondance… des immeubles disloqués délirants de misère séculaire que les ongles des bombardements avaient libérés du vernis voyant et labile de l'ordre fasciste… des bouches grandes ouvertes dans des rires stridents… des bouches ruminant la fausse nourriture du chewing-gum… des grappes de mains avides spasmodiquement amassées à se griffer l'une l'autre ; cette opulence de pain blanc pétri de vent sur les tables de fer-blanc des cafés… Via Veneto… Piazza del Popolo… Cinecittà… nous fuyions ensemble ; … son bras autour de ma taille me guidait, son souffle disait des contes, il me guidait dans les rues avec sûreté, en racontant plein d'histoires…

« Citto, où est-ce que tu m'as trouvée ? »

« Eh bien, ça a été un hasard, un vrai hasard, je ne savais pas que faire ce matin-là et j'ai décidé d'aller à la Rinascente acheter des crayons de couleur américains que j'avais repérés, je n'avais que quelques sous mais j'espérais qu'ils me suffiraient et alors je suis entré tout content, tu sais comme ça m'excite d'entrer dans les grands magasins et d'acheter toutes ces petites choses qui se révèlent ensuite absolument inutiles, avec quelques sous on te remplit les bras de paquets et ça donne une impression de richesse, et ça te fait te sentir un monsieur. Mais ce matin-là je savais quoi acheter, ces crayons m'avaient fasciné, ils étaient gros, je n'en avais jamais vu de pareils avant, mais j'avais peu d'argent, alors pour prolonger mon plaisir je me suis mis à me balader dans les allées : c'était une bonne occasion pour fureter. Si on n'a pas d'argent on ne peut pas entrer, on se sent suspecté, mais ces quelques sous me donnaient l'assurance voulue pour m'arrêter à mon aise : je m'arrêtais partout et j'observais et dans un étalage je vois un tas de petites boîtes de cellophane attachées avec un petit ruban, chaque boîte avait un ruban d'une couleur différente, parmi elles mon attention a tout de suite été attirée par une plus petite que les autres, elle avait un ruban rose si tendre... et en la prenant j'ai demandé à la vendeuse : "Qu'est-ce que c'est ?" "Lisez, vous avez des yeux, il me semble ! Vous croyez peut-être que nous sommes ici pour donner des informations ? Si on devait renseigner tout le monde..." Elle avait raison. Il y avait tellement de monde, toujours à courir dans tous les sens, quel droit avais-je qu'elle s'occupe de moi ? Tu sais que je déteste ceux qui s'en prennent aux serveurs, aux vendeurs, bref, oui, ceux qui veulent absolument imposer leurs droits de clients, comme mon père... on ne peut pas aller dans un restaurant sans que... bon, laissons tomber et revenons à cette petite boîte : je la retourne et derrière il y a écrit : Iuzzetta modèle luxe, grandit facilement dans tous les climats pourvu qu'on la nourrisse de caresses et de baisers. Particularités : timidité, orgueil sicilien, larmes faciles, douceur, force physique, distraction, manque absolu du sens de l'argent, incapable d'en amasser mais aussi économe. Possibilités de développement : comédienne, clownesse, assistant-metteur en scène, danseuse, écrivain. "Combien coûte-t-elle ?"

« "Cinquante lires." C'était trop, je l'ai posée, je n'aurais pas eu assez d'argent pour les crayons. Mais à peine m'étais-je éloigné, il m'a semblé que ce ruban rose avait tressailli, alors je suis revenu sur mes pas et au diable les crayons, j'ai empoché cette Iuzzetta et je m'en suis allé me promener tout content... bien sûr, aussitôt, dès qu'elle a été rassurée de se trouver dans ma poche et non plus sur cet étal sinistre, au milieu d'étrangers, elle a commencé à se faire entendre et quoi que j'aie pu faire, avec quelque personne que j'aie été en train de parler, il me fallait, pour ne pas la faire pleurer, mettre la main dans ma poche et la caresser... mais elle s'apaisait alors tout de suite... » Je m'apaisais tout de suite... j'affrontais les gens... les salles de doublage effroyables et malodorantes, puant le tabac froid et les haleines rances accumulées pendant des siècles et des siècles... l'odeur de bistouri et de pus de cette clinique, les mains de verre de ce médecin qui fouillait dans les plaies sous mes aisselles, dans mon cou... je les affrontais en sachant que j'étais aussi dans la poche de Citto qui à cette heure-là devait être chez Zavattini[12], avec l'assurance que quelle que soit la teneur de la discussion ou la conversation, si importantes fussent-elles, si je me mettais à pleurer il me caresserait au fond de sa poche qui était désormais pour moi ma maison... Et puis le soir, quand il était avec ses amis, il avait tant d'amis, je ne pensais pas qu'on pût avoir tant d'amis, qui maintenant me connaissaient et m'avaient acceptée, je sortais de sa poche et je parlais avec Aggeo, Rinaldo, Gigi... ils ont très vite eu de l'affection pour moi...

---

12. Cesare Zavattini (1902-1989), grand scénariste et figure majeure du néoréalisme italien, ami de Citto et de Goliarda.

«Eh bien sûr, c'est clair, madame, que ces amis sont tous devenus en vous, dans vos émotions, vos frères et vos sœurs et que vous vous êtes donnée en pâture. Mais de cela nous parlerons plus tard. Donc, vous me parliez de ce jeu, très joli. Tous les amoureux s'inventent de ces jeux, bien sûr que vous, vous en inventiez un par jour. Mais dans la réalité, comment vous êtes-vous rencontrés ? Vous faisiez du théâtre et Citto était d'un autre milieu, il me semble. Il ne faisait pas encore du cinéma ? Ou je me trompe ? »

20

« Non, il se préparait à passer l'examen au Centro sperimentale[13] et c'est aussi pour ça que j'ai cru qu'il avait dix-huit ans comme il me l'a dit, je ne savais pas qu'il avait été admis pour mérites particuliers, mais... qu'importe... c'est une histoire comme tant d'autres, je vous ennuie. »

« Non, madame, vous vous trompez ; ce n'est pas une histoire comme tant d'autres. Dites-moi, cela m'intéresse, qu'est-ce que cette histoire d'âge ? »

« Eh bien, je vais vous dire, c'est très amusant. Quand nous sommes devenus amis il m'a dit qu'il avait dix-huit ans et je l'ai cru d'emblée, mais lui, chose qui m'a semblée étrange mais qui m'est sortie ensuite de l'esprit, il a absolument voulu me montrer sa carte d'identité... j'ai beaucoup ri et je lui ai dit : Bon ! Tu as dix-huit ans, et après ? Tu en fais beaucoup plus... sauf qu'après, chaque année il avait toujours dix-huit ans et alors, bien que j'aie été, et je le suis toujours, très distraite, après cinq ou six ans de ces anniversaires qui ne bougeaient pas... je lui en ai demandé la raison, et il m'a avoué que lorsque nous nous étions rencontrés il n'avait que seize ans et demi et de peur que je ne le prenne pas en considération, il m'avait dit ce mensonge... Et la carte d'identité ? lui ai-je demandé. Il m'a répondu : Bof, celle-là, je l'avais falsifiée pour aller au bordel... nous avons ri toute

---

13. Centro sperimentale di Cinematografia. Ce « Centre expérimental », situé à Rome, est une grande école de formation pour acteurs, metteurs en scène, techniciens du cinéma.

la nuit mais… maintenant encore je ne suis pas sûre de l'âge qu'il a… j'ai toujours peur de découvrir que lorsque nous nous sommes mis ensemble il avait, que sais-je, quinze, quatorze ans… »

« C'est vrai que c'est amusant… mais comment vous êtes-vous rencontrés ? »

« Eh bien, ça a entièrement été la faute de Titina… »

« Comment, de Titina ? Titina, la sœur de Citto ? »

« Oui… voilà, j'avais fait la connaissance de Titina parce que son mari, Toti Scialoja, qui était peintre lui aussi… et même maintenant que je m'en souviens c'est lui qui m'a dit le premier qu'il fallait que j'écrive et qui m'y a fait penser sérieusement… qui sait comment il le comprenait, je ne le vois plus, mais un jour ou l'autre il faudra que je le remercie… oui, il m'a dit d'écrire et il m'a fait découvrir Cézanne, à l'époque je ne connaissais rien à la peinture, il faut que je le remercie… excusez-moi, je divague… oui, Toti voulait faire un spectacle d'avant-garde, vous savez, de ceux qui fleurissaient dans l'immédiat après-guerre, qui y poussaient – déjà fanés – comme du chiendent, et puis on n'en a rien fait… mais ça n'a pas été inutile, ça m'a valu le cadeau de faire la connaissance de Titina… »

« Le cadeau ? Pourquoi ? »

« Parce qu'elle a été la première femme que j'aie connue. Je vous explique : vous voyez, pour moi une femme intelligente s'identifie, comme vous dites, je commence à vous copier, vous voyez ? oui, elle s'identifie au fait d'être masculine, en tailleur, avec des talons plats, sans maquillage, bref l'erreur habituelle qui sévissait à cette époque, héritage des féministes du début du XXe siècle. Mais en la voyant j'ai eu la révélation de la façon dont une femme peut être intelligente, engagée et en même temps féminine… j'ai appris d'elle à utiliser les couleurs... je me souviens qu'une semaine après avoir fait sa connaissance je suis allée m'acheter une paire de chaussures avec neuf centimètres de talon et je me suis mis du rimmel dans la vie de tous les jours, pas seulement pour jouer. »

« Et comment est cette Titina ? »

« Comment est-elle ? Comment ? Je ne peux pas la décrire, Nunzio aurait dit : Eh ! Iuzza, on ne peut pas la décrire, comme on ne peut décrire une merveille de la nature quand elle nous a le caprice de faire quelque chose de façon bien "fine". »

« Bon, cela dit tout en un certain sens, mais trop peu pour ce qui nous sert, à nous. Dites-moi plus précisément comment elle est. »

« Je ne saurais pas le dire plus précisément, elle est... la vie. »

« Mais active, masculine ? »

« Mais absolument pas, elle est au contraire très féminine même si elle est forte, eh oui, elle est forte et fragile, très mince, avec des mains de garçonnet de quatorze ans toujours en mouvement, comme des ailes d'oiseau avides de saisir tout ce qui peut nourrir, enrichir... comment dire, une femme à la peau blanche, pâle, mélancolique, avec les yeux noirs et la bouche rouge comme une fleur... oui, c'est ça, le rouge de la joie. Oui, Titina est blanche, noire et rouge... »

« Je vois, un drapeau... vous vous êtes fait un drapeau de cette Titina... »

« Et pourquoi pas ? Un bon drapeau, pour une fois... mais ce serait mieux de dire les couleurs pour lesquelles autrefois les chevaliers entraient sur le terrain pour se battre. Vous voyez, Titina pousse toujours à l'action, elle est toujours projetée dans le futur, elle parle tranquillement et tandis qu'avec sa peau blanche, avec son corps elle se laisse prendre par le présent, par l'instant, avec ses yeux et ses mains en mouvement on la sent déjà à la recherche, dans ce présent, ce moment, cet instant, du futur qui peut en naître… »

« Un peu fatigant… »

« Peut-être pour qui n'a pas de bonnes jambes, comme disait Nunzio… »

« Oui, bien sûr… elle vous rappelle Nica ? »

« Ah oui, c'est vrai… elle me rappelle un peu Nica… peut-être parce que sa façon d'être est aventureuse… oui, elle pousse à l'aventure comme Nica. »

« Eh oui. Je le pensais bien… il faudra que nous y pensions ensemble… nous verrons… donc… Parlez-moi de Citto à présent. »

« Rien, je l'ai rencontré à une exposition… je ne le connaissais pas, mais il s'est approché, il m'a dit qu'il me connaissait à travers les récits de Titina et qu'il m'avait vue jouer et… oui, les choses habituelles… mais il a été habile parce que s'il ne m'avait pas dit qu'il était le frère de Titina je ne me serais jamais laissé raccompagner jusque chez moi… »

« Et ensuite ? »

« Ensuite nous sommes devenus très amis et pendant un an nous nous sommes promenés dans Rome comme des amis, puis un soir, ça arrive dans l'amour, nous nous sommes embrassés et il m'a dit qu'il voulait rester avec moi cette nuit-là et je l'ai amené à la maison… le matin même ma mère m'avait dit, avec sa façon de faire distraite : "écoute, Goliarda, si quelque chose arrivait entre Citto et toi, n'allez pas vous humilier dans quelque sinistre chambre d'hôtel, amène-le à la maison". Et ainsi le matin ma mère est entrée dans la chambre avec le café pour nous deux… vous ne pouvez imaginer le visage de Citto, j'avais peur qu'il ne s'évanouisse. Mais ma mère s'est mise à parler de cinéma, de politique et il a été rassuré. À partir de ce jour-là il a vécu avec nous, comme ma mère me l'avait recommandé, nous n'avons pas fait la sottise de nous marier ou seulement d'y penser, nous avons fait le pacte de rester ensemble comme ça tant que la joie d'être ensemble durerait… et nous voici, seize ans plus tard… ça semble impossible…»

« Ah, c'est votre mère qui vous a imposé cela ? »

« Imposé ? Mais que dites-vous ? C'était juste, pourquoi faire des contrats inhumains et aberrants ? »

« Mais êtes-vous si sûre que ç'ait été un bien ? Vous êtes une femme, madame, et peut-être vous seriez-vous sentie plus protégée…»

« Mais que dites-vous ? Parfois vous me semblez être un petit conformiste, un…»

« Bien, n'en parlons plus. Ne vous mettez pas en colère, je ne voudrais pas que vous me gifliez… même si je le désire un peu…»

… Le gifler ? Et comment le pouvais-je ? Maintenant mes mains s'étaient ankylosées dans ce froid, mes poignets attachés par le fil solide du souvenir de cette chaleur parfumée de jasmin… j'avais froid et dans ce froid, m'ouvrant un passage dans la neige haute sans odeur et sans ombres qui nous assaillait nous allions… nous fuyions d'un village creusé profondément au centre d'une montagne recouverte de neige. Il y avait des vitrines, des hôtels, une place, des escaliers blancs creusés dans la roche blanche : il y avait de la neige ? Je laissais tout derrière moi, tout ce qui m'appartenait. Au fond d'un escalier creusé dans la roche éblouissante, mais ce n'était pas le soleil qui faisait briller ainsi la roche ou la neige, ce n'était pas le soleil parce qu'il n'y avait ni arbres ni ombres, nous décidâmes de revenir. Il fallait que je reprenne la houppe pour la poudre, le miroir, le peigne, la brosse pour les cheveux… comment me serais-je, sinon, brossé les cheveux, poudrée ? Ce soir-là je devais aller au théâtre avec Citto. Bianca, Marilù, Eleonora acceptèrent de venir avec moi, mais elles ne me suivirent que jusqu'à la mercerie qui s'ouvre sur la place et là elles tombèrent à plat ventre avec des visages gonflés de vers violets, leurs lèvres pleines frémissantes de vers blancs, ou était-ce de la salive ? Quelqu'un me disait, me murmurait à l'oreille : « Ils ont peur, les étrangers, de ce royaume, ils ont peur. » Je n'étais pas étrangère, mais moi aussi j'avais peur. Ne serait-ce que parce que dans l'obscurité d'une porte sans battants ni vitres, je voyais des dos courbés sur des corps blancs de petites filles qui avec des tenailles extrayaient de leurs oreilles, de leur nombril, de longs fils rouges comme des boyaux, et de petits œufs informes sanguinolents qu'ils recueillaient dans des bassines. J'avais peur, mais maintenant j'avais mon miroir, la houppette pour la poudre, le peigne, la brosse et je descendais l'escalier en courant. Je sortirais. Mais la porte s'ouvrait lentement devant moi et dans une voiture qui avançait quatre visages identiques de femmes âgées me fixaient. Je ne pouvais sortir. J'avais la brosse, la houppette à poudre, le peigne et le miroir mais elles étaient là, devant la porte et me fixaient de leurs orbites sans yeux pleines de neige. Leurs cheveux se dressaient en branches de neige et obstruaient la porte grande ouverte, plongeant l'escalier dans l'obscurité… il y avait une grande obscurité, on ne voyait plus les marches…

« Vous voyez, madame, par ce rêve nous avons la confirmation de ce que je vous disais hier, essayez de ne pas vous mettre en colère… ce n'est pas moi, c'est vous avec vos rêves qui me dites ce que vous tentez de vous nier à vous-même avec votre intelligence, c'est vous qui me dites que… »

21

« … ce village creusé dans la montagne est le ventre de votre mère, froid, couvert de neige, tel que vous l'avez perçu dans votre imagination enfantine, ce qui revient à dire privé de chaleur, pas protecteur, ni accueillant. La neige est symbole de linceul, de mort. Et cela nous dit la raison réelle, et non apparente, de votre peur de la neige, qui n'est pas, comme vous me l'avez dit, que vous êtes née dans un pays où il ne neige jamais. Vous vous donniez cette explication-écran de peur de devoir découvrir que vous n'aviez pas confiance en votre mère, par crainte de découvrir que l'amour que vous éprouviez pour votre mère n'était qu'un moyen de gagner son affection, de la conquérir, de façon à ce que cette autorité vous regarde d'un œil bienveillant et ne se déchaîne pas contre vous, vous épargne ses colères et ses punitions. Vous voyez, madame, souvent l'amour n'est que crainte masquée (comme il arrive dans les religions, où le dieu est puissant, donc pour éviter ses colères il faut passer de son côté et l'adorer). Cette crainte, vous la portez avec vous, et vous la traduisez en amour y compris avec vos amies. Mais pour revenir au rêve, vous associez la neige à la froideur et à la rigidité idéologique de votre mère. Vous vous souvenez que vous m'avez dit une fois : la neige de Maria ? Bon, ce village est gouverné par une armée de vieilles femmes. Ces vieilles femmes sont encore votre mère, votre surmoi. Vous nous dites encore dans le rêve savoir appartenir à ce village, mais vous en avez peur et vous cherchez de l'aide pour arracher à ce surmoi les symboles de la féminité, qui ne sont rien d'autre que votre féminité, représentés par le miroir, le peigne, la houppe pour la poudre, la brosse à cheveux. Pour être en mesure de les arracher à ce surmoi vous cherchez l'aide de Marilù, Eleonora, Bianca, que vous percevez dans la réalité, j'imagine, comme les plus dotées de féminité naturelle, je me trompe ? Bon, elles acceptent de venir avec vous mais elles succombent et tombent à plat ventre en se décomposant. Cela, à un niveau encore plus profond, signifie que bien que dans la réalité vous essayiez d'être comme Marilù, Eleonora, Bianca, quand elles se retrouvent en contact avec la figure de votre mère... elles se décomposent, autrement dit : au fond de vous-même vous sentez cette féminité comme une matière pourrie, pleine de vers. Où en étions-nous ?... Ah, oui... elles tombent mais vous continuez toute seule. Probablement, durant toutes ces années et surtout en vous liant à Citto – dans le rêve c'est avec Citto que vous devez aller au théâtre le soir – vous avez essayé d'échapper à ce surmoi qui vous forçait à être un garçon, comme enfant il vous a poussée à vous entraîner avec Carlo pour devenir un homme, et c'est pour cela que vous n'avez jamais accepté la menstruation. Dans le rêve vous avancez seule et vous arrivez à vous saisir de ces symboles et probablement dans la réalité aussi vous êtes parvenue, au moins à prendre en main, à toucher ces symboles de la féminité. En effet, craignant de ne pas être féminine, craignant que le rite magique auquel vous vous êtes livrée enfant en vous entraînant à la boxe avec votre frère soit vraiment parvenu à ce que des muscles effacent seins et douceur, vous vous habillez de dentelles et vous vous persuadez d'aimer la soie, les peignoirs, les colliers, pour cacher le mépris que votre mère vous a inculqué pour ces choses et que vous portez intact en vous-même. Et il est clair qu'en vous cette attitude, étant réactive, a une nuance, une accentuation d'exagération, spasmodique, soulignée, comme une conjuration, un rite magique qui puisse annuler le premier. Comme nous le disions, dans le rêve vous parvenez à prendre en main ces symboles mais votre surmoi, votre mère ici dédoublée en deux prêtresses (vous nous dites par là que vous sentez votre surmoi très fort et puissant) vous barre la porte par laquelle vous pourriez vous échapper. Une autre chose importante qui ressort de ce rêve est que vous nous y indiquez l'âge auquel vous avez subi ce processus de dé-féminisation. Ces petites filles torturées qu'on entrevoit par les portes, quel âge pouvaient-elles avoir, selon vous ? »

« Je ne sais pas, sept, huit ans… »

« Voilà. Donc à sept, huit ans vous avez subi, comme ces petites filles du rêve, une opération de stérilisation. Il est clair que les oreilles et le nombril sont le symbole, présent dans le rêve, de l'utérus dont sont extraits et jetés dans des bassines les fils rouges qui représentent le flux menstruel et ces petits œufs sanguinolents qui représentent les ovaires. Dans votre inconscient, vous craignez d'avoir été stérilisée et donc de n'être pas une femme et c'est pour cela que vous cherchez à suppléer, pour vous cacher cette opération que vous avez subie du fait de votre mère ; pour la sauver à vos propres yeux, vous essayez de vous dire avec soieries et dentelles que cette opération n'a pas existé, ne serait-ce que parce que vous ne supporteriez pas l'image de votre mère comme tortionnaire et ainsi vous essayez de suppléer (de compenser, comme on dit) avec soieries et dentelles et avec un désir emphatique d'enfants, non pas en mots, mais à l'intérieur de vous-même. Avez-vous jamais eu une grossesse interrompue ? »

« Non. »

« Vous avez pris des précautions ? »

« Oui, mais pas excessivement… je vous l'ai dit, Citto était trop jeune pour le charger de poids, de responsabilités, et puis, aussi bien lui que Titina ne veulent pas d'enfants…»

«Oui, bien sûr, cela en apparence, mais en profondeur ce n'est pas Citto qui a été l'obstacle… l'obstacle est à l'intérieur de vous-même… c'est votre surmoi, votre mère qui vous fait percevoir, dans votre inconscient, ces choses comme des choses de femmelette. Mais vous, ne pouvant accepter une image de votre mère mutilante, encore une fois, ainsi que vous l'avez fait dans votre enfance pour sauver l'image de perfection que vous vous êtes faite de votre mère, vous accusez le sort, le travail instable de Citto, etc. Vous voyez, madame, pour grandir, l'enfant, dès qu'il parvient à la conscience intellective, se fabrique un modèle et le veut parfait et attribue ainsi à ce modèle toutes les vertus, et reporte sur les autres les défauts, les imperfections qu'il ne supporterait pas de découvrir dans ce modèle. Vous avez fait comme cela avec votre mère, avec Nica, et vous continuez à le faire avec Titina, Franca… Vous devez amener à votre conscience ce mécanisme, madame… vous devez cesser, madame, de faire l'amour avec ces images de femmes féminines que vous croyez aimer et qu'en réalité vous ne faites que craindre»… pourquoi avait-il allumé la lumière ? Le soleil ne s'était pas encore couché… ses mains, à présent, en fonte, dans le cercle de lumière, immobiles sur ses genoux, me giflaient… vous devez cesser de faire l'amour avec… Nica… la lumière me faisait mal aux yeux… j'étais fatiguée de rester debout et je tombai à genoux au milieu de la pièce… je ne descendis plus dans la cour… j'avais peur de rencontrer Nica… j'avais tellement envie de l'embrasser… mais je ne devais pas… Et cet après-midi-là ces deux gifles psychanalytiques m'arrachèrent des bras de Nica… Titina… Haya… ma sœur aux yeux comme des ailes sombres d'oiseau nocturne, Haya, quel maléfice nous tient éloignées ?… Nica, nous ne nous verrons plus ?

22

... je ne descendis plus dans la cour... j'avais peur de rencontrer Nica... et le froid de ces mains, de fonte à présent, convenablement posées l'une sur l'autre, sur ces genoux sans âge, me communiquaient un froid qui me dépouillait de tout enlacement et nue je me cognais aux murs de cette pièce éclairée seulement par la lumière glacée de la lampe... il y avait encore de la lumière dehors, pourquoi avais-je allumé cette lampe?...

« Quelle belle petite machine à écrire... je vois, je vois... ses touches peuvent même bouger, qui vous l'a offerte ? »

« Citto, il me l'a achetée cette nuit à la piazza Navona et cette petite bague en fer-blanc aussi et ce violon rouge... »

« Je m'en doutais... madame, vous ne devez plus vous laisser aller à ces jeux infantiles, vous ne pouvez plus continuer à rester dans la poche de Citto. Vous ne pouvez pas avancer en passant du ventre de votre mère à la poche de Citto. Vous êtes une femme... Vous devez amener à votre conscience le fait que vous êtes une femme, et importante encore, que vous n'avez plus besoin de ce nid d'ouate qui vous engourdit et qui vous rend faible, fragile, et qui même si vous ne voulez pas en prendre conscience, vous le savez au fond de vous-même, vous humilie à vos propres yeux »... Pourquoi avait-il allumé la lampe ? Elle donnait une lumière froide qui faisait claquer des dents... je ne devais pas jouer avec cette petite machine à écrire... en tremblant je la jetai dans le coffre... je ne devais pas jouer avec cette petite machine à écrire... Citto s'éloignait dans la voiture[14], je l'appelais mais je n'avais pas de bouche ni d'âge… il me laissait dans ce champ immense de terre brûlée par le gel… il n'y avait pas d'ombre ni d'arbres, pas un brin d'herbe, rien que le froid glacial de la lampe allumée, il n'y avait pas de maisons alentour… comment reviendrais-je au fond de cette maison où sa main, si je pleurais, pouvait me caresser pour m'apaiser ?… je me mis à pleurer… des dunes de terre aride à l'infini tout autour de moi… je tournai trois fois sur moi-même en pleurant et l'appelant mais il ne répondit pas. Je me jetai à plat ventre au milieu de ces dunes de terre… mais ce n'était pas de la terre, c'étaient des draps, une plaine immense de draps et sous mon corps devenu tout petit, sous le drap que j'essayais d'embrasser mais sans y parvenir, mes bras étaient trop courts, on entrevoyait les cheveux blancs de ma mère, son front, ses bras… je m'agrippai à elle et…

« Vous voyez comme tout vient tout doucement à la lumière, madame ? Dans ce rêve il est clair que vous percevez votre mère comme une terre sans fin et aride, sans vie, sans arbres, les arbres sont symbole de vie, un terrain immense, aride, impossible à posséder, à embrasser, et dans cette tentative que vous faites dans votre rêve d'embrasser ces draps (les draps sont le lit, la maison), probablement, le souvenir de quand vous dormiez avec votre mère… vous dormiez avec votre mère quand vous étiez enfant ? »

« Non, comme je vous l'ai dit, ma mère était très pudique et n'aimait pas les embrassades, le fait de dormir ensemble, je vous l'ai dit, je ne l'ai jamais vue ne serait-ce qu'en sous-vêtements… »

« Justement… alors ces draps ont à voir avec le fantasme que vous aviez, avec le désir non exaucé de dormir avec votre

---

14. En italien *macchina*, d'où une association mentale intraduisible en français entre la machine à écrire (*macchinetta*) et la voiture.

mère : tous les enfants désirent dormir avec leur mère parce qu'en faisant cela ils se sentent acceptés aussi physiquement... »

« Mais je ne me souviens pas de l'avoir jamais désiré. J'aimais la discrétion de ma mère... elle était affectueuse, mais sans minauderies, elle frappait toujours à la porte quand elle entrait dans ma chambre, même quand j'étais petite, et elle n'a jamais ouvert une lettre qui m'était adressée. »

« Bien sûr... votre mère utilisait le mot "minauderies" ? Je ne vous l'ai jamais entendu prononcer avant. »

« Oui. »

« Je m'en doutais. Vous voyez, vous avez endossé votre mère si complètement, quand vous étiez petite, qu'aujourd'hui encore vous vous servez de ses mots pour la défendre à mes yeux. Mais cette défense que vous croyez faire de votre mère à mes yeux, vous la faites pour la défendre à vos yeux à vous. Vous n'admettez pas la plus petite critique de votre mère à l'intérieur de vous-même. Mais vous devez admettre que vous avez été élevée par votre mère avec trop de rigidité. Vous savez que vous n'avez rien de l'éducation italienne, qu'on dirait une fille de protestants ? »

« Oui, je le sais, mais que pouvait-elle faire ? Me laisser aux mains de mes tantes, de mes frères qui auraient fait de moi, en bons Siciliens, une petite femme ? L'histoire existe, docteur. »

« Bien sûr qu'elle existe, mais cela ne change rien au fait que dans cette tentative de vous donner une éducation différente votre mère était trop dure. Comme toutes les petites communautés isolées qui vont contre l'usage courant, du reste. Mais comme je vous l'ai dit, cela n'efface pas le mal que vous a fait cette dureté et que vous portez aujourd'hui encore en vous, non résolu. Pour revenir au rêve, qui du reste nous dit très clairement tout cela, dans la tentative, comme nous disions, de posséder cette terre démesurée – cette image maternelle inaccessible – cette terre démesurée et aride, vous redevenez petite, enfant, ce qui, c'est clair, signifie qu'une partie de vous-même est restée cette enfant exclue de la chaleur maternelle et que vous êtes continuellement diminuée par la comparaison avec votre mère. Et ce mouvement que vous faites dans le rêve sur votre mère pour l'embrasser, l'associez-vous par hasard à une étreinte ? »

« Oui. »

« Justement, cela nous dit une autre raison pour laquelle vous craignez, dans vos émotions, de n'être pas femme, féminine ; en sentant, quand vous étiez enfant, ne pas pouvoir posséder votre mère – chez l'enfant être caressé se représente comme caresser, prendre possession, posséder, sentant donc ainsi ne pas pouvoir posséder votre mère si puissante et distante, vous vous êtes identifiée à votre père, et cela parce que vous sentiez obscurément que lui seul pouvait la posséder... c'est également là une clef, à un certain niveau, de votre haine pour votre père, qui n'était rien d'autre que le désir d'être comme lui. Mais sentant aussi que cela était impossible, vous en étiez jalouse et masquiez cette jalousie par la haine. Vous vouliez être comme votre père pour posséder cette femme qui ne se donnait pas et qui vous opprimait par sa stature de fer et son intelligence. »

23

« Bonjour, madame. Vous ne me dites rien ? Vous ne répondez même pas à mon bonjour. »

« Excusez-moi, il y a si longtemps que je ne vous ai vu… »

« Si longtemps, madame ? Samedi et dimanche, comme toujours ! Il nous faut acquérir le sens du temps, madame, il nous faut détacher le temps de ces émotions infantiles, sans temps, qui vous saisissent… mais vous savez que vous êtes curieuse, à un moment vous me chassez, à un moment vous me regardez comme si vous ne me connaissiez pas… vous allez me faire avoir une attaque ! »… Il riait… « Mais Iuzza, est-il possible qu'à chaque fois que je pars ne serait-ce que pour quelques jours on ait l'impression que tu ne me reconnais plus ? Tu me feras mourir d'un coup, quand je te revois j'ai toujours peur que tu m'aies oublié, tu me tends la main avec une indifférence qui me donne la chair de poule. »

« Excuse-moi, Citto, tu as raison, j'essaierai de changer, mais à chaque fois que nous ne nous voyons pas, même pour peu de temps… j'ai l'impression que ce sont des siècles qui passent… et puis tu le sais, je ne sais pas exprimer ma joie de te revoir et j'ai honte, excuse-moi, j'apprendrai… vous, vous savez embrasser… pousser des exclamations… j'apprendrai… »

« Et vous avez appris ? Avec moi on n'en a pas l'impression. »

« Avec Citto, oui… à force d'efforts j'ai appris à être gentille avec lui, avec Titina, avec mes amis. Avec vous… »

« Avec moi vous revenez aux origines, non ? Je vois. Chez

vous, à ce que je peux deviner, toutes ces manifestations affectueuses étaient... des minauderies, n'est-ce pas, ou je me trompe ? »

« Non, vous ne vous trompez pas... et j'ai eu beaucoup de peine avec Citto, mais après... »

« Que se passe-t-il, vous riez, à présent ? Vraiment vous êtes charmante et imprévisible, vous aviez l'air d'une statue de glace il y a un instant et maintenant vous riez comme une petite fille... pourquoi riez-vous ainsi ? »

« Oh, rien ! Je me suis souvenue d'une nuit où... »

« Qu'y a-t-il qui fasse rire dans la nuit ? »

« Rien, quelque chose de drôle, une bêtise, j'ai honte... »

« Madame, vous devez arrêter d'avoir honte de tous vos sentiments, et puis vous m'avez rendu curieux... vous ne voulez pas me faire rire moi aussi ? »

« Eh bien, rien, sauf que chez moi on ne pouvait pas dire je t'aime, c'est magnifique, extraordinaire : c'étaient des phrases exagérées et affectées, et on ne pouvait pas non plus dire de gros mots ou blasphémer contre Dieu, la Vierge, jurer. Une fois où m'a échappé un *porco Dio* que j'avais entendu à l'école, ma mère, si sérieuse que je tremble encore à y penser, m'a seulement dit : "Pourquoi importunes-tu ce monsieur, Goliarda ? C'est mal élevé. Et puis si tu ne crois pas en lui, pourquoi le prends-tu à partie ? J'espère ne plus t'entendre répéter une sottise pareille." Et alors, quand j'ai dit ça à Citto et que même "imbécile" était un gros mot pour les miens... eh bien, oui, il m'a obligée à dire pendant toute la nuit "saloperie de pute", il m'a fallu toute la nuit pour le dire et quel effort, je transpirais à grosses gouttes et Citto riait et... et puis je l'ai dit... et rien... que me faites-vous raconter ? Une sottise, vous voyez, et même pas si spirituelle que ça, des choses d'enfants. »

« Pas tant que ça, Citto sentait qu'il vous aidait en faisant cela. Même si le moyen était un peu primaire. Donc, même dire je t'aime était… J'espère que Citto vous a également obligée à dire je t'aime, *ti voglio bene* ? »

« Oui, ça c'est venu avec le temps et… mais seulement ça… »

« Seulement ça ? Mais c'est incroyable ! et *ti amo*, jamais ? »

« Non, jamais, mais je vous en prie, changeons de sujet… »

« Vous avez honte ? Mais il faudra que nous en parlions, au contraire, madame, il faut que vous vous libériez de cette honte. »

« Oh, mais maintenant, avec les autres… je suis affectueuse, je dis *ti voglio bene*[15] et… les gros mots aussi… sauf qu'avec vous… »

« Avec moi vous revenez aux origines, pas vrai ? Bien. C'est ce qu'il faut faire. Ce n'est qu'ainsi, en éprouvant à nouveau les émotions anciennes que vous croyiez résolues en vous, que vous guérirez de ces règles de fer qui vous inhibent et, allons, ne vous assombrissez pas de nouveau, vous étiez si charmante avant, mais que se passe-t-il ? Vous êtes fatiguée ? Vous avez un visage affligé. Vous n'avez pas fait de rêves ? »… Après des siècles et des siècles il me prenait maintenant le visage pour me regarder… Son regard envoyait comme un écho de l'ancienne chaleur, mais un nuage noir passa sur le soleil, détournant ce regard et laissant tomber mon visage dans l'obscurité.

« Vous n'avez pas fait de rêves ? »

« Non, rien. Ne serait-ce que parce que je suis allée au lit à cinq heures et que je n'ai pas pu fermer l'œil. »

---

15. Nous n'avons qu'un « je t'aime », mais des deux façons italiennes de le dire, *ti voglio bene* : « je te veux du bien » et « ti amo », on pourrait dire que la première est plus affectueuse et la seconde plus passionnelle.

« Comment cela, madame ? Vous savez que vous devez dormir. Vous avez bavardé avec Citto ? Vous devriez faire comprendre à Citto que cette façon de passer des nuits blanches ne vous fait pas de bien et à lui non plus... ça le pousse à perdre de plus en plus le sens du temps, et le temps existe, madame, vous ne pouvez pas continuer... »

« Non, Citto n'a rien à y voir ou plutôt... tout le monde était là, oui, hier soir j'ai fait un dîner pour tout le monde... depuis que je suis sortie de clinique, huit mois, vous voyez que j'ai le sens du temps ? je ne les avais plus invités et ils me semblaient un peu tristes, avant ils venaient si souvent... alors j'ai profité du fait que c'était dimanche et j'ai préparé le dîner pour eux tous. »

« Ils étaient combien ? »

« Je crois... vingt... c'était bien, comme au bon vieux temps : ils étaient tous si contents ! Gigi a même fait ses imitations, et puis nous nous sommes disputés comme toujours, il a découvert un nouveau moyen pour me faire taire et je dois dire qu'il est efficace. »

« Voici que vous riez de nouveau... quel moyen ? »

« Eh bien, il se met à faire des borborygmes et comme ça il me fait taire, il en profite parce que je ne sais pas les faire... je me mets à rire et je perds le fil de la discussion. »

« Très joli même si... »

« J'espère que vous n'alliez pas dire vulgaire. Gigi n'est jamais vulgaire, il est toujours scientifique, même quand il fait ses borborygmes, il les appelle... attendez, je ne me souviens pas... de tant de noms... ah, voilà, l'un d'eux est *pernacularii di Ballaecia*[16]... »

« Oui, bien sûr, bien sûr, je comprends... ils étaient

---

16. Libre jeu de sons, qui n'a pas plus de signification en italien qu'en français.

contents... je le comprends, vous leur donnez à manger et pas seulement de la nourriture, mais aussi... vous ne pensez pas que vous les gâtez un peu ? Que vous les nourrissez un peu trop ? Que vous vous fatiguez ? »

« Me fatiguer ! C'est l'insomnie qui me fatigue... enfin, qu'est-ce que préparer un repas ! »

« Mais madame, excusez-moi d'insister, mais c'est un aspect très important de votre névrose qu'il nous faut éclaircir, excusez-moi, mais vous ne préparez pas, vous ne faites pas seulement le repas, pas seulement de quoi manger ; vous vous donnez trop et cela, probablement, aussi, parce que vous craignez toujours de n'être pas suffisamment affectueuse, chaleureuse, et savez-vous pourquoi vous craignez cela ? Parce que vous craignez d'être comme votre mère, et alors vous vous donnez continuellement en pâture à tous pour compenser ce manque que vous présupposez en vous-même. Vous vous faites manger... vous devriez vous donner moins, vous efforcer de vous protéger... pensez-y bien, madame, nous devons venir à bout de cela, je vous apprendrai à ne pas vous donner en pâture, à vous économiser, à ne pas être toujours là à attendre que quelqu'un vous demande... ils vous en demandent trop parce qu'ils savent que vous ne savez pas vous refuser. Je vous apprendrai »... je me donnais en pâture... me protéger ? J'aimais cuisiner, leur joie me donnait de la joie... me protéger ?... les mettre dehors si j'avais sommeil ? Même Citto ?... j'avais sommeil... je ne pouvais aller chez Franca... je ne pouvais entrer dans cette pièce tapissée de coton blanc (ou était-ce de la neige ?). Je ne pouvais pas et puis je ne me souvenais plus de mon rôle... quelqu'un me poussa et je me trouvai au milieu de cette salle blanche, ils étaient tous assis autour et n'avaient pas de tête... oui, ces mains-là étaient celles de Gigi, de Marilù, de Giulio, de Rinaldo… mais leurs têtes s'enfonçaient dans le mur de coton, elles étaient blanches, en coton, sans traits, et je devais jouer pour eux et pour me rappeler les répliques qui échappaient à ma mémoire je me mis à marcher au pas… « *Soldaten, Soldaten* »… s'il fallait que je joue Wozzeck il suffisait de marcher au pas et les répliques viendraient toutes seules, je le savais maintenant, j'étais comédienne depuis si longtemps, elles viendraient toutes seules, je le savais, c'était toujours comme ça. Je me mis à marcher au pas en rond et tout le monde applaudissait et riait… la représentation marchait bien, ma mémoire fonctionnait mais, au fur et à mesure que je disais les répliques et que je marchais au pas je sentis, au rythme de la marche, mes jambes devenir rigides, en bois, elles craquaient, et mes bras aussi… ma chair, étoupe… mes jambes craquaient de plus en plus fort et je tombai par terre brisée en morceaux… je me touchai et en fouillant dans l'étoupe de ma poitrine je trouvai… à la place du cœur j'avais un réveil arrêté sans aiguilles, je le savais… avec terreur je fouillai dans le bois de mon front… je le savais avec terreur à la place du cerveau je trouvai un écheveau de laine blanche, ou était-ce un écheveau de cheveux blancs ? Il fallait que je le tire dehors et le dévide… dans mes mains, au fur et à mesure que je dévidais l'écheveau, il grossissait… il grossissait, il remplissait toute la pièce, m'écrasant au sol, m'étouffant…

« Vous voyez, madame… dans ce rêve, vous vous brisez, c'est-à-dire que la construction de vos vieilles défenses se brise et c'est pour cela que votre vieille dépression s'est faite si forte hier et aujourd'hui. Mais ne vous effrayez pas, même si cela donne l'impression contraire, c'est un pas en avant. Vous perdez vos vieilles défenses moisies et nous en ferons d'autres saines et fortes… votre dépression n'est qu'un moment de dépersonnalisation que vous croyez percevoir en perdant vos anciennes défenses… mais le rêve nous dit aussi que… ou mieux, nous explique plus clairement l'autre rêve que vous avez fait, où vous vous identifiiez à Wozzeck. Vous vous rappelez ? »

24

«Oui, parfaitement.»

«Bravo… donc, ce rêve nous confirme clairement que depuis des années et des années, ou plus exactement depuis l'enfance – cette pièce recouverte de coton représente l'enfance – et les visages de vos amis sont incertains mêlés à ce coton, c'est-à-dire : ce sont dans vos émotions des visages d'enfance greffés sur les corps de ces amis que vous percevez encore comme vos frères et sœurs, donc… Vous n'êtes jamais sortie de cette chambre-émotion infantile et vous vous obligez, comme nous disions, à tenir le rôle de Wozzeck pour amuser vos amis et amies qui sont clairement, excusez-moi si je me répète, mais il faut que vous le compreniez clairement, oui, qui sont encore dans le rêve et la réalité vos frères et vos sœurs. Et, enfant, vous étiez obligée, pour ne pas perdre leur faveur, de les amuser, étant la dernière-née et craignant de leur avoir volé l'affection de vos parents, craignant de leur avoir pris la place. C'est là une émotion commune, très fréquente dans la pathologie des derniers-nés : ils craignent d'avoir usurpé leur place, d'être des intrus, et comme les autres frères et sœurs sont plus grands et donc physiquement plus forts, ils essayent de faire leur conquête parce qu'ils craignent que si ces grands le voulaient ils puissent – comme par magie – les tuer. De cette peur provient donc la nécessité, pour se sauver, de ne pas déranger, de ne pas démontrer plus d'intelligence qu'eux, ni de beauté ni d'autres qualités qui pourraient les incommoder. C'est là ce que vous avez fait et continuez à faire, autrement dit : comme Wozzeck, vous vous nourrissez de pois chiches[17], régime débilitant qui diminue vos qualités et possibilités, qui pourraient y compris malgré vous-même vous faire avoir du succès. C'est pour cela que vous n'avez pas supporté le succès au théâtre, dès qu'il s'est profilé à l'horizon, et que maintenant vous ne voulez pas publier et restez dans l'ombre. Vous avez peur, inconsciemment, que si vous sortez de l'ombre, vos amis et vos amies et Citto lui-même n'éprouvent de la jalousie et vous refusent, vous enlèvent leur amour. Et dans cette perte de leur amour vous sentez la puissance magique que vous avez perçue avec vos frères et sœurs, c'est-à-dire : que s'ils ne vous aimaient pas ou cessaient de vous aimer, vous qui étiez une intruse, dans une position instable, petite et faible en comparaison d'eux, ils pouvaient, en cessant de vous aimer, vous nier, vous effacer, vous tuer. Mais dans le rêve vous nous dites aussi que cette condition de Wozzeck que vous vous êtes imposée – vous apparaît maintenant, à l'intérieur de vous-même, comme un rôle, donc une fiction, qui désormais vous pèse et de fait vous oubliez les répliques – bref, vous commencez à percevoir ce rôle que vous vous êtes imposé comme une contrainte qui vous réduit à l'état d'une poupée de bois et d'étoupe qui se casse. Le réveil arrêté sans aiguilles que vous trouvez à la place de votre cœur n'est rien d'autre que cette condition de paralysie dans vos émotions. Le cœur désigne toujours les émotions, qui dans ce cas sont restées identiques pendant un temps indéfini, sans possibilité de croissance ni de développement. Vous devez cesser, madame, d'amuser les autres, de vous faire instrumentaliser, de les subir. Vous n'avez plus besoin de l'affection de vos

---

17. Formule indiquant un régime de misère : c'est la nourriture des pauvres en Sicile.

frères et de vos sœurs, vous avez grandi et vous avez la force d'être autonome. Prenez-en conscience. Vous ne pouvez pas continuer à vous donner en pâture aux autres, vous mourez de faim. Il faut que vous mangiez. Je vous apprendrai à manger, je vous apprendrai à vous défendre de Citto et de moi-même. Vous vous donnez en pâture »… je me donnais en pâture ? Il ne fallait plus que je fasse des pâtes à Citto la nuit, quand il travaillait et qu'il avait faim ? Il fallait que je dorme ? Comme je pus, je ne me donnai plus en pâture, mais le pain devenait de l'étoupe quand je le portais à ma bouche et l'eau visqueuse, sans saveur. Je ne pus plus manger… seulement boire du whisky… ça avait un goût âpre… au moins un goût… par bonheur il y a le vin, n'est-ce pas, Nunzio ? Par bonheur, il y a le vin… « Eh oui, Iuzza, quand tu seras grande et que la vie commencera à te rester en travers de la gorge sans que tu puisses ni l'avaler ni la cracher, tu t'en apercevras… tu t'apercevras du cadeau que nous ont fait les anciens »… par bonheur il y avait le whisky… par bonheur aucune loi morale ou scientifique ne m'empêche de revenir dans la pièce du piano et, m'asseyant sur le pouf, de poser les bras sur tes jambes dures comme le chêne et de regarder tes prunelles qui, pendant qu'elles racontent, se dilatent, presque au point de recouvrir tout le blanc de l'œil et projettent des lamelles d'or dans le soleil, qui évitant le rideau de la fenêtre nous isole maintenant de la poussière et des meubles noirs… heureusement, un oncle et une nièce peuvent rester ainsi des heures et des heures, je n'ai pas à craindre de gifles, je ne raterai pas tes histoires. Et puis la canne-épée à ton côté me rassure, le professeur Jsaya n'avait-il pas dit peut-être : « Non, Goliarda, Nunzio ne ferait pas de mal à une mouche, je ne l'ai vu se servir de sa canne-épée que pour défendre Peppino. » Et s'il avait défendu Peppino, assurément il me défendrait moi aussi s'il le fallait… j'étais la fille de «son cher Peppino», il le disait toujours… je lui demandai de refaire le mouvement du manche avec le désir et la conviction qu'il le faisait pour me défendre… «Tu la vois, cette belle lame, nue, mince et vibrante comme une jolie petite tout juste sortie du cocon de bois de l'enfance? Eh oui, Iuzza, toi aussi tu sortiras de cette maigreur sèche qui te tient encore un peu, je crois que tes bras sont en train de se remplumer, tu vois? Encore un peu et tu sortiras et tu donneras des coups à droite et à gauche et que de têtes tu feras sauter, il me semble les voir, que de têtes et que de cœurs tu briseras… À moi, on me l'a fait sauter la tête, et sauter et sauter tant que parfois il m'a semblé la voir danser devant et autour de moi comme une tête d'anguille qu'on vient de décapiter. Tu le sais que lorsqu'on coupe la tête d'un homme, elle continue à vivre et à courir pendant des heures et des heures? C'est l'esprit qui ne veut pas mourir.»

«Et où est l'esprit?»

«Pour ceux qui croient en Dieu et qui l'appellent l'âme, il se trouve dans la poitrine. Pour Maria il se trouve dans la tête, dans l'intelligence, pour moi, comme disaient les anciens, l'esprit se trouve dans le sang; c'est pour cela que le sang remue toujours comme la mer… tu le sens comme il bat au front, dans le cœur? C'est ce mouvement qui maintient le corps en vie. Tout ce qui bouge est vivant. Ce qui s'arrête, s'arrête et meurt. Nous nous arrêterons tous mais il suffit que tu aies couru soixante ans comme moi, qui en ai fait, des courses, pour que tu commences à comprendre que s'arrêter un peu n'est pas aussi moche qu'on le dit. Puis, après quarante, cinquante ans de ce repos dans les draps de la terre, pour en rester toujours à ce que disaient les anciens, le corps, peu à peu, recommence à bouger, peu à peu il devient de l'engrais, le plus fertile qu'il y ait sur la surface de la Terre et

il peut rendre fertile même la lave qui vient de se répandre…
et il nourrit les arbres fruitiers, le blé et l'olivier et ainsi,
à travers ces fruits se nourriront ceux qui viendront… rien
de ce qui est vivant ne se perd… »

« Et où va l'esprit ? »

« Eh, l'esprit se transmet quand on est vivants, en
parlant, en se regardant dans les yeux, en se transmettant les
histoires des sages et des poètes, oralement, comme disaient
les anciens. À cette époque tout le monde ne savait pas lire
et écrire comme aujourd'hui, il n'y avait que les riches qui
le pouvaient, apprendre était un luxe, et aujourd'hui ça
l'est encore en partie, comme dit Maria. Et comme ça, par
la voix, on transmettait son esprit, l'art qu'on avait appris
et que, si on était fort, on avait perfectionné. Et comme ça,
l'art qu'on a perfectionné, les choses qu'on a comprises par
ce qu'on vous a dit, on les transmet comme enseignement et
réconfort, le réconfort aussi est un enseignement pour qui
vous écoute. Moi, l'art de façonner les peaux, je l'ai donné
à tant et tant de gamins ici à Catane et en Amérique, bien
sûr, ce n'est pas grand-chose, mais c'est quelque chose quand
même. Bien sûr Peppino laisse des choses bien plus importantes, mais même les chaussures servent et si elles sont bien
coupées et d'une forme faite de façon bien fine, qui réjouit
la vue, c'est mieux, c'est un réconfort ça aussi. Pour devenir beaux et bons, choses qui vont toujours ensemble, il faut,
à s'en tenir toujours à ce que disaient les anciens, toujours
penser à des choses aimables, avoir des pensées aimables et
toujours regarder de jolies choses. Si une mauvaise pensée te
vient, chasse-la, si ton œil tombe sur une grenouille, lève l'œil
et regarde au contraire les feuilles de pommier qui sont les
plus belles feuilles de tous les arbres. Pourquoi crois-tu que
Cosetta est en train de devenir si desséchée et verte ? Elle était

jolie avant, c'est qu'elle pense toujours de mauvaises pensées et ça, ça lui tord les membres et lui dessèche la couleur de la peau… et moi, qu'est-ce que je fais quand je viens ici ? Tu ne t'en es pas aperçue ? »

« Que fais-tu ? » Je savais ce qu'il faisait, mais comme lorsque j'entendais *Norma* que je connaissais depuis toujours, ses mots m'entraient dans le sang calmement, en attente assurée de cette mélodie.

« Mais bien sûr, que tu t'en es aperçue ! Friponne, friponne que tu es ! Quand j'entre et que je rencontre Cosetta, comme ce matin, je la salue, bien sûr, mais pour détourner vite, vite le regard, pour ne pas rester aimanté par ces yeux durs et ce sourire acide. Je vais te chercher et je pose mes yeux sur ton front et ainsi je me sens bon et beau. Ce n'est pas la jeunesse qui rend beau, un vieux peut être beau aussi, et même plus qu'un jeune, regarde Maria, avec tous ces cheveux blancs elle a le front limpide et cela parce qu'elle pense et lit toujours des choses propres et bonnes. Ce n'est pas facile, bien sûr, moi… oui, moi, j'ai rencontré tellement de choses laides et je n'ai pas su vite les éloigner… eh, oui, ce n'est pas facile, ne serait-ce que parce que les choses laides, comme un précipice qui s'enfonce dans l'obscurité, attirent… une tempête qui déracine des arbres et des arbres et des cultures, la lave qui coule et répand la mort derrière elle pour des siècles et des siècles ont toujours un aspect attirant… comme certaines femmes qui même si elles sont méchantes ont eu une chair veloutée et des yeux doux comme le miel… » Quand il parlait ainsi, il s'assombrissait et maintenant je savais pourquoi, mais je savais aussi que je ne devais pas demander pourquoi : il ne m'en parlerait pas. Il pensait à ses filles dont Carlo m'avait dit qu'elles étaient très belles. Après une pause, en se levant : « Eh oui, Iuzza, tu le vois que je n'ai pas d'habileté à changer de chemin quand je fais une mauvaise rencontre ? Tu le vois ? Encore maintenant, au lieu de m'écarter des mauvais souvenirs je m'y accroche et je te parle de... et je me sens laid et sale... », il s'inclinait pour me saluer maintenant, et ses yeux assombris me précipitèrent dans un précipice obscur qui appelait, ou était-ce le soleil qui était tombé ? J'eus peur de tomber dans ce précipice noir et je m'agrippai à lui en criant : « Non, tu n'es pas laid ! Tu n'es jamais laid ! »

« Tu as eu peur, eh ? Tu as eu peur ! Viens là, pitchounette, t'effraie pas, tu vois que c'est passé ? Tu vois ? Maintenant que je te regarde, tu vois comme la laideur s'est enfuie ? C'est toi qui l'as fait s'enfuir, regarde comme elle s'enfuit en rasant les murs en lâche femelle rancie qu'elle est, il suffit de la chasser pour qu'elle s'enfuie, s'enfuie et tu vas voir qu'elle ne reviendra plus... » Eh, oui, Nunzio...

25

... Oui, maintenant je sais pourquoi j'eus si peur dans l'obscurité de ce crépuscule qui tombait autour de nous, j'ai eu peur parce que j'ai lu dans tes mots... oui, moi non plus je ne sais pas détourner le regard, mon regard accroché à ce long écho de chaleur, parfumée de miel... « Vous savez, docteur, j'ai revu les yeux de Nunzio, vous les avez plus *biunni, biunni* comme le miel... »

« Vous croyez, madame ? Mais parlons de ce Nunzio... vous vous en souvenez si bien que vous le voyez ? »... tout ce qui bouge, vit, ne se perd pas...

« Absolument. Je l'ai regardé longtemps, il me semble avoir passé plus de temps avec lui qu'avec tous les autres. »

« Et vous savez pourquoi ? »

« Parce qu'il m'aimait et que je l'aimais. »

« Pas seulement pour cela... parce que vous vous réfugiiez en lui pour survivre au manque de chaleur des vôtres... vous m'avez parlé de la tendresse que vous donnait votre père avant que vous n'ayez été contrainte de le détester... savez-vous qui était cette maîtresse aux cheveux blancs qui vous disait de tuer votre père ? Non ? Vous ne voulez pas le savoir, mais c'était votre mère... votre mère vous a transmis son agressivité, sa haine pour les hommes et vous, contrainte de détester votre père, vous avez comblé ce vide en reversant sur votre oncle Nunzio votre besoin d'une figure paternelle qui vous protège et que vous puissiez aimer sans être pour cela obligée de désobéir à votre mère. Et ainsi, libérée de cette obligation, vous vous êtes construit, dans la figure de cet oncle, un père parfait, fort, courageux, sans le caractère passionnel excessif de votre père, qui vous apparaissait comme de la vulgarité en comparaison de la froideur de votre mère, sans la sensualité déchaînée qui vous épouvantait… cet oncle Nunzio ressemblait à votre père, je suppose, non ? »

« Oui, bien sûr, mais il était aussi très différent… il avait une personnalité bien à lui et une présence physique très particulière, précise et très différente de celle de mon père… excusez-moi, docteur… mais au-delà de nos transferts, compensations, il existe aussi la personne qui se présente à nous avec son poids, qui se découpe dans l'air de façon toujours différente de quiconque et qui suscite des émotions différentes de qui que ce soit d'autre, et Nunzio était Nunzio même si, comme vous dites, et je comprends qu'en partie vous avez raison… et puis il m'aimait vraiment… »

« Bien sûr, bien sûr, mais vous l'avez trop idéalisé… bien sûr cet oncle Nunzio vous a été très utile pour survivre à la négation de votre père que vous avez été contrainte d'effectuer, mais maintenant… certes, il est incroyable que vous vous en soyez sortie, étant donné la famille explosive que vous aviez, mais maintenant vous devez abandonner ces défenses, qui, si elles vous ont été nécessaires, vous étouffent aujourd'hui ; et pour faire cela nous devons déraciner de vos émotions ce besoin infantile de perfection que, inconsciemment, vous recherchez toujours chez les hommes et qui, vu que c'est un idéal construit sur l'abstraction d'une imagination d'enfant, dès qu'il vient en contact avec un homme en chair et en os, au plus petit défaut que vous découvrez – avec encore l'œil terrifié que vous aviez enfant – ce défaut prend des proportions gigantesques dans vos émotions, et vous précipite dans la haine ancienne que votre mère vous a inculquée, inconsciemment, et qui vous pousse à fuir, à vous nier. Avec Citto, vous avez fait la même chose, vous avez recherché un père parfait. Et ça vous a été facile, avec Citto. Citto vous a permis de vivre ce processus inconscient parce que c'est une personne, comme nous l'avons déjà dit, exceptionnellement non masculine dans le mauvais sens que vous donnez à ce mot, que vous lui attribuez. Citto sort, se distancie nettement du collectif masculin et cela a calmé vos peurs pour un certain nombre d'années, mais quand vous avez voulu sortir de cet état d'enfance, de la protection de ce second père que vous vous étiez créé pour échapper à la réalité, que s'est-il passé ? Au premier homme avec des particularités plus masculines, plus rattaché au monde masculin, vous avez été terrifiée et pour vous défendre vous vous êtes raidie dans ce que vous appelez frigidité. Cela à un premier niveau d'analyse, mais à un niveau plus profond encore : frigidité et peur recouvrent la haine et le dégoût que votre mère vous a transmis pour l'homme et pour le sexe… avec moi aussi vous essayez ce processus de vous créer un père, bien que votre transfert avec moi soit essentiellement maternel. Nous devons sortir de cela, madame, nous devons faire sauter, mettre au rancart cette image parfaite et rassurante de père, il faut que vous grandissiez, nous devons nous débarrasser de ce Nunzio, le ramener à de justes mesures. Vous ne pouvez pas continuer à le ressusciter chaque fois que ça vous arrange pour échapper à la réalité. Nunzio est mort, malheureusement, trop vite, et ainsi il vous a laissée intacte cette image de perfection à vos yeux alors que, s'il avait vécu jusqu'à ce qu'en vous apparaissent, naissent, d'autres armes, les armes de la critique, de la comparaison, vous auriez peut-être pu en partie réinterpréter, détacher en partie ce que vous aviez construit sur lui. Mais il est mort et les morts prennent des proportions gigantesques dans nos émotions, dans le souvenir, et on ne peut les contredire, et dans l'impossibilité de les contredire, ils prennent possession de nous plus qu'ils ne l'auraient fait s'ils étaient en vie. Même si Nunzio a ainsi démesurément grandi en vous, nous devons le réinterpréter ensemble pour vous libérer de cette connivence avec les morts, de façon à le faire vraiment mourir. Les morts sont morts et nous sommes vivants »… les morts sont morts et nous sommes vivants… oui, Nunzio, moi non plus je n'ai pas de facilité pour détourner le regard de… je dois fuir… mais… où ?

26

… où ? Je ne pouvais plus descendre dans la cour, j'avais peur de rencontrer Nica… Citto s'éloignait en tapant sur les touches de la petite machine à écrire rose. On ne voyait plus Enzo dans la maison, il devait être parti pour le continent, et Nunzio ? Nunzio était mort à l'aube. On l'avait trouvé étendu sur le lit, impeccable, tout habillé avec sa canne-épée près de lui. « Ne pleure pas, Iuzza, ne pleure pas, il est *bien* mort. Il est mort dans son sommeil. Veuille la nature que je finisse comme ça moi aussi, quand ce sera mon tour ! »… Il était *bien* mort… mais, en revenant de l'école, passer par l'entrée et ne pas le voir assis au milieu des clients, calme et patient… tous les matins j'espérais le découvrir et mon sang se caillait toujours à la vue de cette place vide. Il ne fallait plus que je passe par l'entrée. Je passerais par la porte de service… il n'y avait plus personne… mais cet après-midi je n'attendrais pas que la porte s'ouvre au coup de vent glacé qui entrait toujours désormais avec lui – sur ses pas – dans le soleil et me pénétrait les épaules, les poignets, quand il s'inclinait pour me saluer. Je n'attendrais pas. Je m'habillai en tremblant, je descendis l'escalier en courant… mais où aller ? ça faisait si longtemps que je ne sortais pas seule… je n'avais jamais vu tant de voitures et tant de bruit. Où aller ? Les magasins étaient fermés à cette heure. Et même s'ils avaient été ouverts ? Les vitrines vidées, balayées par le vent de la guerre, poussiéreuses, les vitres embuées de souffles affamés, où ne transparaissaient ni fleurs ni vêtements ni pain. Antres de poussière coagulée sur le vide… la boulangerie à l'angle de la via Piave, derrière la vitre, au milieu de la vitrine immense, présentait, sur un plateau graisseux suspendu dans le vide et la poussière, quelques rares morceaux de gâteau aux châtaignes. Je cherchai dans mes poches : ce serait suffisant ? J'entrai et je demandai. « Trois lires les cent grammes. » Je n'avais qu'une lire et demie… je pouvais en acheter cinquante grammes. J'ouvris la bouche, mais le sourire édenté, ironique du vieux qui me regardait derrière le comptoir visqueux de moisissure me glaça de honte. Je fuis cet antre et ce vieux… il n'y avait que des vieux et des femmes sans âge, des mutilés qui marchaient en rasant les murs lézardés, brillants seulement d'édits et encore d'édits, chaque nuit éclos en floraison sauvage… fleurs carnivores. Des vieux, des mutilés qui marchaient en rasant les murs, en montrant à tous leurs mutilations, presque en les exhibant – qu'on ne les prenne pas pour des hommes valides… les camps de travail, faux affamées, attendaient au nord… ce garçon tend devant lui son moignon, il a enroulé sa veste sur son poignet mutilé pour qu'on voie bien sa mutilation et malgré cela ses yeux grands ouverts par la peur que cette mutilation ne soit pas suffisante… ces yeux, dilatés, interrogeaient : ça suffira ? Les femmes en grappes informes agrippées à la fontaine… il n'y avait plus d'eau, je ne me lavais pas depuis des mois, les sœurs avaient rationné l'eau… il faut que je m'enfuie… mais où ? À l'Académie, je ne pouvais y aller, les fascistes m'avaient cherchée… le directeur m'avait appelée… il y avait combien de mois, combien d'années ? « Eh oui, malheureusement, Goliarda, cette année tu ne pourras pas suivre les cours ni passer l'examen de fin d'année. Ils te cherchaient, ils cherchent ton père et ta mère, mais ne t'inquiète pas, nous tiendrons compte de cette année, quand l'enfer sera terminé nous organiserons un petit examen *pro forma* et nous t'admettrons en troisième année, comme si tu avais suivi les cours. Quant à la bourse d'études, ne t'inquiète pas, nous te la donnerons quand même. Sauf que, pour ta sécurité, tu ne peux plus rester dans cette pension, on ne sait jamais. Je t'amènerai chez des religieuses que je connais et qui cachent plusieurs personnes. Alors, demain matin à huit heures et demie, 40, via Gaeta, je t'accompagnerai moi-même. Je ne te souhaite pas bon courage, je vois que tu n'as pas peur. » Peur de quoi ? Peppino s'était échappé de prison et était venu à Rome quelques jours avant que les Américains ne débarquent en Sicile… et maintenant à coup sûr il courait dans les rues… « Non, Iuzza, ils n'ont jamais pris Goliardo, il glissait comme une anguille », c'est sûr, il courait dans les rues et glissait comme une anguille… la résistance s'organisait… en dehors de la prison ils ne le reprendraient plus, je le savais. Maria était en sûreté chez Adelina. Je n'avais pas peur… je ne me lavais plus depuis des mois et j'avais faim… où aller ? Les matinées étaient longues… dans les classes à cette heure-là tout le monde jouait… peut-être Edda jouait-elle en ce moment Marie Stuart, qui sait avec qui elle faisait Marie à présent ? Qui jouait Elizabeth ? Qui avait pris ma place ? La Curci ? Valeria ? Je m'assis sur l'un des bancs des squares devant la gare et à voix basse, pour calmer ma nostalgie, je jouai avec Edda toute la matinée jusqu'à ce que quelqu'un me cogne l'estomac… ce n'était personne, non, c'était la faim qui cognait comme ça. Le cours était fini, je n'avais pas entendu la cloche… avec terreur je vis que le soleil était tombé. Il fallait que je retourne chez les sœurs, le couvre-feu était à cinq heures, je courus… je m'agrippai à la porte. J'y étais arrivée, le bois sous mes paumes me rassura, j'y étais arrivée, la sœur ouvrait la porte à présent et l'odeur de boue et de moisissure, de soupes et encore de soupes toujours identiques que de l'aube au crépuscule ces sœurs cuisinaient avec des mains de branches mortes oxydées par les rosaires et les pénitences, mains de boue... la couleur de la soupe... cette odeur me bloqua l'estomac et me fit tourner la tête, c'était la nausée, bon, la faim était passée, mieux valait la nausée que la faim. Mieux valait la nausée que la faim...

« Pourquoi pleures-tu ? Il est arrivé quelque chose à ton père ? À ta mère ? Goliarda, au nom de Dieu, pourquoi pleures-tu ? »

« Je pleure ? Je ne m'en étais pas aperçue, c'est que, oui, j'ai marché toute la journée, je suis épuisée et... »

« Tu as faim ? »

« Parce que toi non ? Mademoiselle self-control ? Qu'est-ce que tu crois, que même avec ton self-control on ne voit pas que tu as faim ? »

« Comme tu l'as bien dit, Goliarda, tu apprends tout de suite »... elle avait dit bien ou vite ?... « ce soir nous commençons une autre leçon, mais viens, d'abord... tu sais que je suis vraiment contente que tu aies faim ? Viens. Mais tu es toute trempée, mon Dieu ! Il pleut ? Viens. »

Je ne comprenais pas ce qu'elle disait, mais ses bras me réchauffaient comme réchauffe une bonne nouvelle... je ne comprenais rien, je suivais les mouvements de ces bras longs et blancs... ces mains longues, blanches et veinées... elle avait des branches bleues longues qui se dénouaient des épaules aux mains, à présent elles m'enlevaient mes chaussures... me séchaient les pieds... « Tu as de très beaux pieds. »

« Toi aussi »... elle me recouvrait de son manteau de laine souple... le jour c'est elle qui le mettait, la nuit c'est moi qu'il couvrait... « allons, Goliarda, allons, ne fais pas de manières, la couverture me suffit, à moi. Je ne crains pas le froid. »

« *And now, sincerely*, tu as vraiment faim ? »

« Allons, Jane, ne plaisante pas ! »

« Et toi, regarde ! » dans un carton à chaussures devant moi il y avait des œufs, un jambon, du pain... je ne pouvais parler, ma bouche s'était emplie de salive amère et je ne pus ouvrir la bouche...

« Je t'ai attendue pour qu'on mange ensemble »... je ne pouvais ouvrir la bouche, elle coupa un morceau de pain et mit le jambon dedans et me le mit dans la main et avec sa main guida ma main à ma bouche, qui s'ouvrit. Elle s'ouvrit parce qu'elle me regardait ? Ou parce qu'elle disait : « Allez, courage, prends juste la première bouchée et la crampe te passera »... la crampe passa aussi parce que ses yeux bleus étaient si transparents ce soir-là qu'on y découvrait clairement des rochers des algues des étoiles de mer... on les voyait si clairement que je ne pouvais détacher mon regard et : « Mais qui t'a donné toutes ces merveilles ? »

« Un ami de mon père, il passait par Rome pour aller dans le Nord et il m'a apporté ça. Dommage qu'il ne reste pas, mais en attendant, pour quelques jours... » oui, Jane, pour quelques jours nous avons échappé aux soupes des sœurs, à cette salle à manger sombre, moisie d'haleines de prières et de litanies, au musc des soupirs de vieilles courbées à mastiquer avec leurs dents rares, leurs cous tendus, pour échapper aux doigts de la mort, tordus en un dernier effort avide de vie... « C'est étrange comme elles ne se résignent pas à mourir... »

« Eh oui, Goliarda, c'est étrange, mais comment peut-on comprendre les vieux ? Et surtout ces vieux-là ? Bien sûr, c'est étrange, ils sont malades, paralytiques, ils crient toute la nuit, on a toujours l'impression qu'ils sont sur le point de mourir et le matin... tu as vu comme ils se réveillent tôt et s'affairent… avec leurs chiffons, ces boîtes et ces valises qu'ils ouvrent et referment… toi aussi tu as peur de la vie, pas vrai ? »

« *Yes, Jane, terribly.* »

« Mais comme tu es douée ! Viens, travaillons un peu », et au milieu des gémissements et du grondement lointain des bombardements un lointain orage d'été, là-bas à l'horizon, qui peu à peu s'approche, roulant sur l'eau calme de la mer ?… les Alliés bombardaient Anzio… dans la nuit elle passait dans mon lit, nous refermions les draps noirs de poussière et de toiles d'araignée qui séparaient les lits les uns des autres… « Les rideaux ? Ne fermez pas les rideaux… mesdemoiselles ! Il est interdit de fermer les rideaux ! Seulement en cas de maladie ! » Nous fermions les rideaux autour de nous pour au moins ne pas voir l'immensité de ce dortoir haletant de cheveux blancs, d'yeux grands ouverts qui fixaient l'obscurité, de gémissements, d'invocations… nous travaillions…

« *What is this?* »

« *This is a flower.* »

« *Do you know the name of this flower?* »

« *Yes, its name is geranium.* »

« Comme on entend fort le bruit des bombes cette nuit… ils seront bientôt là… *And, do you like this flower?* »

« *Yes, I like it very much, but I prefer…* »

« Bonjour, madame, comment allez-vous ? Je ne vous ai pas trouvée hier. Que s'est-il passé ? Vous ne voulez pas me répondre ? Vous ne me saluez même pas ? »

« Bonjour. »

« Parions que je sais ce qui s'est passé. Vous avez fui, n'est-ce pas ? Vous savez que cette pièce est très triste quand vous n'y êtes pas ? Il faut d'ailleurs que je m'excuse auprès de vous pour être entré quand même. Mais j'étais inquiet et j'ai demandé au concierge de m'ouvrir. J'ai attendu… ça a été très triste. Pourquoi avez-vous fui ? Vous vouliez me punir ? »

Par bonheur il était venu. Il n'était pas fâché. Il ne souriait pas, mais il n'était pas fâché… ses yeux étaient sereins et même s'il restait sérieux et même si sa bouche restait fermée, ses yeux souriaient… ce regard réchauffait… je ne m'enfuirais plus, les rues étaient plus froides que la chambre et dans ses yeux affleurait un écho de cette chaleur qui avait lié mon regard au sien.

« Donc, vraiment vous ne voulez pas me dire pourquoi vous avez fui ? Vous vouliez échapper à votre mère ? Vous êtes-vous jamais échappée, enfant ? »

« Jamais. »

« Mais probablement vous avez rêvé de le faire quand vous étiez enfant, je me trompe ? »

« Tous les enfants rêvent au moins une fois de fuir quand ils se sentent négligés, ou encore de mourir. Vous ne me direz pas que ça aussi c'est pathologique, j'espère ! »

« Non, non, même si en cela aussi il y a une différence entre enfant et enfant... cela dépend de l'intensité de ce désir. Et de la façon dont le souvenir de ce fantasme persiste en nous, aujourd'hui que nous sommes adultes. Vous n'êtes plus une enfant, madame. Et dites-moi, pourquoi vous êtes-vous enfuie ? Vous pensez que je vous néglige ? Vous croyez avoir fui parce que vous pensez être amoureuse et n'être pas payée de retour ? »

« Non, je sais que vous ne me négligez pas et que vous avez de l'affection pour moi. »

« Eh bien, si vous le savez, alors pourquoi fuyez-vous ? Même à présent, vous voyez comme vous vous éloignez ? Vous voyez que cette fuite cache d'autres choses ? Vous voyez que vous ne savez pas expliquer rationnellement votre état émotionnel ? Ce n'est pas moi que vous fuyez... mais laissons cela, nous verrons plus tard. Et dites-moi, où avez-vous été toute la journée ? Citto m'a dit que vous êtes revenue tard. Qu'avez-vous fait de beau ? »

« J'ai marché toute la journée et j'ai vu Jane. »

« Ah ! Et qui est cette Jane ? Puis-je vous le demander ? Vous ne m'en avez jamais parlé. Où habite-t-elle ? »

« Non, elle n'habite pas à Rome, maintenant elle est en Amérique, hier justement elle m'a écrit après bien des années... sauf qu'en marchant je me suis trouvée place de la Croix-Rouge, sur les marches de l'Académie, au soleil, il y avait plein de garçons et de filles en tenue marron. Celle-là même que nous portions pendant la guerre, c'est étrange qu'ils n'en aient pas changé, elle est très triste, le marron est une couleur très triste et... »

« Eh bien ? »

« Rien, je vous l'ai dit... en voyant ces jeunes... je suis restée une heure à les regarder... bon, je me suis souvenue de cette période de Jane et je suis allée via Gaeta regarder à travers la grille des sœurs... le petit jardin était comme avant, avec seulement quelques fleurs en plus, bien sûr, il y a de l'eau maintenant. »

« Et qui était cette Jane ? Vous ne voulez pas m'en parler ? »

« Pensez-vous. C'était une jeune Américaine, cachée par les sœurs... Je l'ai tout de suite vue le premier jour parce qu'elle était assise devant moi entre deux vieilles... si vieilles que... c'est terrible, pensez que l'une d'elles, n'ayant absolument pas de dents, avait un étrange appareil, je ne sais pas comment il était fait... ah, oui, comme une pince, une grande fourchette avec aux deux pointes un dentier attaché et elle mastiquait comme ça la nourriture sur le plat et puis elle posait cette pince et mangeait avec la fourchette comme si de rien n'était. C'était si étrange de voir un visage jeune au milieu de toutes ces vieilles... les sœurs aussi étaient toutes vieilles et estropiées et... »

« Qu'y a-t-il, pourquoi riez-vous ? »

« Rien, c'est qu'ensuite nous avons découvert avec Jane, après la guerre, pourquoi il y avait toutes ces vieilles sœurs... »

« Ah oui ? Et pourquoi ? »

« Nous sommes allées les remercier, mais nous n'en avons trouvé que peu de vivantes et à la place de celles qui étaient mortes d'autres vieilles boiteuses, sourdes... et alors nous avons demandé et le mystère a été éclairci ! C'était un couvent où on envoyait toutes les sœurs qui ne pouvaient plus servir à rien attendre la mort, des sortes de vacances au soleil de Rome... en somme, une sorte de cimetière des éléphants. »

« Voyez-vous ça ! Et cette Jane ? »

« Rien, je l'ai tout de suite vue, naturellement, et je l'ai regardée, aussi, parce que c'était le seul visage sur lequel on ait pu poser le regard et elle aussi me regardait, probablement pour la même raison, et quand nous nous sommes levées elle s'est approchée de moi et m'a dit : "J'aime beaucoup la façon dont tu portes la nourriture, si on peut appeler ça de la nourriture, à la bouche, et dont tu as fait semblant de ne pas t'apercevoir de ces pinces et de cette malheureuse, tu veux être mon amie ?" Naturellement j'ai dit oui et elle a ajouté : "Alors, pour te montrer que j'ai confiance en toi et que je suis déjà ton amie, je te le dis tout de suite, tu vois, je suis citoyenne américaine et je suis cachée là, sauf que pour l'instant je ne peux pas te dire la raison pour laquelle je me trouvais en Italie et pourquoi je parle italien comme une Italienne et qui est mon père. Ça ne te dérange pas, j'espère ?... Pour l'instant je ne peux pas parler de ça." »

« Et vous êtes devenues amies ? »

« Bien sûr, elle était très sympathique... elle souffrait beaucoup... »

« Elle souffrait, comment ? »

« Eh bien ! Toutes les nuits elle jetait la tête à droite et à gauche sur le coussin et elle gémissait, au début ça a été difficile mais après je me suis habituée... »

« Une névrosée, à l'évidence. »

« Et alors ? Nous sommes tous plus ou moins névrosés !... »

« Oui, bien sûr, mais vous avez une prédilection pour ceux qui ont un peu plus de ces névroses que nécessaire. Et c'est clair, c'est toujours ainsi, plus on est malade et plus on recherche les malades... »

« Alors c'est clair, vu que vous dites que toute ma vie je n'ai aimé et n'ai imaginé aimer que des névrosés, il est clair que vous aussi, docteur... »

« Bien sûr, moi aussi je suis névrosé, sauf que je sais quelque chose de plus sur ce terrain-là, et ce plus que je sais me donne la possibilité de vous aider. »

« Et de quelle névrose souffrez-vous ? »

« Eh bien, nous verrons... je le sais en partie et avec vous je suis en train de découvrir beaucoup de choses... mais revenons à cette Jane. Cela nous éclaire en partie sur votre fugue d'hier. Savez-vous pourquoi vous avez fui ? Vous m'avez fui d'abord parce que vous avez senti en moi un reproche. En effet vous vous souviendrez que je vous ai dit que cette façon de ne pas me saluer quand je venais chez vous me surprenait, étant donné que vous êtes très bien élevée... vous l'avez entendu comme un reproche, n'est-ce pas ? »

« Oui. »

« Quand votre mère vous réprimandait, que vous disait-elle ? »

« Mal élevée. »

« Voilà, vous voyez ? Je ne vous ai pas dit mal élevée mais j'ai dit que j'étais surpris de votre attitude... clairement provocatrice envers moi, pour vous faire gronder, étant donné que vous êtes si bien élevée, presque à l'excès, dirais-je. Vous avez donc saisi l'occasion pour vous sentir abandonnée. Une autre chose que recouvre cette fuite ! Comme nous avons avec notre travail réinterprété les figures de Nica, etc., vous n'avez pas résisté à cette obligation de prendre conscience de choses réelles sur ces personnages et vous avez fui à la recherche de cette Jane, en quelque sorte pour me l'opposer. Mais elle n'est rien d'autre que la vieille image féminine, parfaite, que vous construisez dès que vous trouvez une figure de femme qui vous le permet. Ici aussi il y a une idéalisation, une exagération. Elle était un peu morbide, cette Jane ? Elle vous caressait ? »

« Absolument pas, elle était au contraire détachée, elle me plaisait aussi pour cela, elle ne m'obligeait pas à ces petits baisers et cajoleries des femmes en général que j'avais connues, avec elle il n'en était pas besoin. »

« Eh oui, cela nous dit qu'en plus du côté Nica, Titina, etc., vous faisiez revivre votre mère en cette Jane... en effet, elle vous donnait à manger, vous couvrait, et vous trouviez là une compensation à votre mère qui vous a seulement nourrie d'intelligence et de discipline de fer. Alors vous vous êtes enfuie dans Rome, vous avez exhumé cette Jane pour opposer une résistance au travail de prise de conscience dans ses mécanismes que vous êtes obligée de faire avec moi... mais nous devons nous débarrasser de ces images féminines, madame, nous devons nous débarrasser de ce passé, ne serait-ce que parce que votre passé a été si atroce qu'en l'exhumant continuellement vous le faites revivre et restez dans ces souffrances. Vous le craignez, oui, mais en même temps vous voulez l'éprouver à nouveau. Et ainsi vous conditionnez l'avenir. Nous devons nous débarrasser du passé, prendre conscience que le passé ne revient pas, que nous vivons projetés dans l'avenir... »

28

Je ne m'enfuirais plus, dehors les rues étaient plus froides que cette pièce et puis j'avais peur de rencontrer Jane… j'avais tellement envie de l'embrasser mais je ne devais plus la voir… sans son paletot de laine souple, j'avais froid la nuit. Je me tournai dans le lit, cherchant avec les mains, les bras tendus… un vide infini de draps de neige… un champ infini de draps de glace… Citto dormait dans le nouveau studio qu'il avait loué pour lui… « Oui, docteur, j'ai compris que Citto a besoin de plus de liberté, d'avoir une maison à lui, il n'a jamais eu une maison à lui, peut-être que ça lui fera du bien. Ces dernières années je lui ai fait subir tant d'ennuis que… et puis je ne veux pas qu'il assiste… je vais de plus en plus mal, docteur, ces dépressions sont de plus en plus fortes et l'insomnie de plus en plus… »

« Il faut que nous pensions à ce que vous appelez insomnie… il faut que nous en parlions… à quoi pensiez-vous cette nuit ? Qu'est-ce qui vous a empêchée de dormir ? »

« J'avais froid. »

« Seulement froid ? »

« Non, docteur, le fait est que je n'en peux plus… j'ai attendu que cet élan que j'éprouve pour vous, ce transfert, comme vous l'appelez, passe, mais presque un an s'est écoulé et… vous m'aviez dit qu'en trois ou quatre mois cela se résoudrait par la psychanalyse et… »

« Faites-moi confiance, madame, vous verrez que nous démêlerons cet écheveau embrouillé de sentiments et d'émotions confuses que vous croyez être de l'amour. L'amour n'existe pas. Faites-moi confiance... » Je lui faisais confiance, mais cet écheveau enfermé dans ma poitrine glacée se faisait toujours plus compact et me faisait jour après jour de plus en plus mal au thorax... il devait être en fil de fer barbelé. Je n'en parlais plus, j'attendais que se réalisât ce qu'il disait, j'épiais son regard qui réchauffait encore avec de faibles rayons, comme un soleil à l'agonie, souvenir de la chaleur d'autrefois, souvenir et regret, avant de sombrer entraîné dans les profondeurs par les bras de la mer... moi aussi à l'agonie je sombrais entraînée par les mille bras des rêves dans une mer de glace... je m'agrippais à son regard, de mes mains transies... mais mes bras sombraient, lourds, mes jambes lourdes, deux colonnes de glace... « Vous voyez, madame, ce que vous percevez comme froid est un processus de dépersonnalisation dont vous êtes la proie. Et dites-moi? Vous vous sentez laide, aussi, quand vous tombez dans cet état? »

« Oui. »

« Eh oui, je le pensais bien. Et savez-vous comment advient ce processus de dépersonnalisation? Il est très simple, commun à beaucoup de dépressifs qui n'ont pas un minimum de narcissisme qui puisse les défendre. Vous voyez, madame, le narcissisme est comme le sel : si on n'en met pas dans les aliments le corps meurt, si on en met trop on a les formes les plus irréductibles, les plus inguérissables de névroses. Vous manquez absolument de narcissisme et ainsi quand vous pensez avoir désobéi à votre mère, avoir fait quelque chose qui puisse lui déplaire, vous vous entendez réprimander, comme si cette réprimande signifiait aussi : je ne te veux plus. L'enfant perçoit la réprimande comme un abandon, vous vous sentez niée, vous vous niez, vous vous dépersonnalisez et n'ayant pas le minimum de narcissisme, la moindre possibilité de vous plaire, d'opposer votre individualité à la négation de votre mère, vous vous dépersonnalisez et comme si vous n'aviez ni bras ni jambes, vous ne pouvez plus bouger ni faire des gestes : dans les cas les plus graves on a de véritables paralysies. Savez-vous pourquoi vous vous sentez laide dans ces états de dépression ? Parce que chez l'enfant le mot « laid » désigne les mauvaises choses qui font mal, on dit en effet à l'enfant, généralement, laid, ou : ne touche pas cet aliment, il fait mal, il est laid, il est caca... donc l'enfant, quand il sent qu'il déplaît à sa mère, associe le mot « mauvais » à « laid », et c'est ce que vous faites, dans la crainte de désobéir, de donner du déplaisir à votre mère, vous vous sentez laide comme vous pensez que votre mère vous voit à ces moments-là. Mais vous verrez que petit à petit je vous aiderai à vous débarrasser de ce froid qui vous recouvre... il faut que nous dissolvions cette glace par l'intelligence. » Mais lui aussi avait froid, je le voyais devenir chaque jour plus blanc, un visage de neige, les lèvres serrées en une ligne noire tremblaient parfois, les doigts dépouillés de leur alliance flocons de neige... et l'hiver vient frapper, vient frapper à ta porte, veux-tu savoir ce qu'il t'apporte ? Une corbeille de blancs flocons... ces flocons tremblaient parfois ? Son regard me fixait parfois brûlé par le gel... il me fixe maintenant mais ne me voit pas... il ne me voit pas, tremble et se lève, il va partir... non, il ne part pas, il a froid et tremble, il se brisera de froid... et il tomba dans mes bras brisé et chercha de la chaleur en moi. Je sentis sur ses lèvres affleurer cette chaleur, il se réchauffait à mes lèvres... un cercle de couleurs, l'arc-en-ciel se referma autour de nous et les couleurs de ce cercle tournoyant se fondaient jusqu'à devenir le noir profond d'une nuit d'été sans étoiles. Et il n'y eut plus ni jours ni nuits ni aubes ni crépuscules mais seulement cette nuit chaude de mi-août scellée autour de nous, et dans cette nuit ses doigts de jasmin fleurissaient de mes mains, mes lèvres fleurissaient à son souffle et je regardai par ses yeux, je respirai par son souffle, une chair encore inconnue de moi, vivante et vibrante, me naissait nourrie de la chaleur de ses paumes.

29

Et maintenant encore, 10 mai 1966, tandis que je retourne avec vous à quatre pattes tout au long des couloirs creusés dans la glace de ce passé, maintenant encore trois ans après cette étreinte, un cercle de couleurs, l'arc-en-ciel se referme autour de moi et les couleurs de ce cercle tournoyant se fondent jusqu'à devenir le fond noir d'une nuit d'été sans étoiles et il n'y a plus ni visages ni voix ni jours ni… mais seulement cette chaude nuit de mi-août scellée autour de moi par le souvenir de son visage fiché dans mes yeux, et dans cette nuit ses doigts de jasmin éclosent de mes mains, mes lèvres fleurissent à son souffle, je regarde par la couleur de ses yeux, je respire par son souffle, une chair encore inconnue de moi, vivante et vibrante me naît nourrie de la chaleur de ses paumes… rester dans ce cercle ? Arrêter là ? Taire le reste ? Faire de cette nuit un cercueil tapissé de velours et parfumé de jasmin ? Non. J'ai été mise au monde. Aujourd'hui, 10 mai 1966, j'ai quarante-deux ans. Quarante-deux ou seulement deux ans ? Non, je dois naître encore une fois, je nais avec sang et chair déchirée autour de ma tête, cris à mes oreilles, d'immenses mains inconnues me tirent dehors la tête écrasée, le cou enfermé dans des cordons ombilicaux qui m'étouffent, mon crâne encore mou a résisté au garrot de l'utérus, résisté à la prise de vent et de grêle des femmes. Je me trouve dans un espace démesuré, froid, insoupçonné, le verre de la lumière me griffe les yeux, je tremble au contact du marbre de l'air, des ombres géantes se penchent sur moi, j'ai peur, que puis-je faire sinon pleurer et hurler, griffer l'air, chercher un point d'appui, j'ai peur de l'air, j'ai peur de tomber, que puis-je faire sinon pleurer et hurler la nostalgie de cette chaleur de lymphe douillette et chaude où j'ai flotté doucement bercée par le rythme sûr et constant d'un cœur?... Encore une fois je suis née, encore une fois je grandirai dans les cris et les larmes, il faut que je brise le cercle scellé aujourd'hui autour de moi par ton absence, il faut que je grandisse, que je marche dans les couloirs soûterrains de mon passé... il faut que je marche, coure, tombe, me relève, les reparcoure tous jusqu'à la fin, où je rencontrerai encore une fois le visage sans traits aux yeux de corail de ma mort... combien de fois nous est-il donné de mourir et de renaître entre l'aube et le jour de notre brève heure charnelle?

30

Je n'eus plus froid, et de lui j'appris que la chair a un goût de pain chaud sortant du four, que la salive désaltère, que les larmes nourrissent avec leur sel… le sel… sans le sel le corps meurt, de ses mains j'appris que mes bras avaient de la force, que ma peau était une terre riche, fertile… n'aie pas hâte, Goliarda, n'aie pas hâte de te souvenir, on peut mourir étouffé par le parfum de violettes en décomposition des souvenirs, n'aie pas hâte de te souvenir. Ce que de lui j'appris et perdis… à la fois appris et perdis… perdis et appris… mais rien de ce qui bouge, qui vit, ne se perd, rien de ce qui s'apprend ne s'oublie, rien de ce qui se dit n'est pas recueilli, rien de ce qu'on vous a donné n'est perdu, le soleil décolore en rouges violets le deuil des châles de soie noire tendus contre le soleil, cloués sur les miroirs, sur les murs, sur les portes, et on meurt pour renaître, on renaît pour mourir… les empreintes ne s'effacent pas, la lumière croît à l'horizon comme une fleur éblouissante pour être effeuillée, engloutie par l'obscurité… l'obscurité persiste, se coagule en noirs de mille sortes pour être débitée en lamelles, réabsorbée par les lèvres minces, blanches, assoiffées de l'aube… de ses lèvres j'appris que les seins nourrissent, que le corps de l'homme est fort et fragile, que les épaules, les lèvres, les joues sont des montagnes, des dunes de sable chaud, que la sueur a un goût de résine, que les cernes sont des lacs frais remplis d'ombres… l'ombre des cils bois de tilleuls bois d'acacias, le ventre un océan sillonné de fleuves, mes bras des colonnes qui résistent au vide, qui savent protéger une tête abandonnée, sans défense dans le sommeil, le regard le soleil qui fertilise la surface incoercible, le champ sans limites de mon corps, ma chair s'ouvre en sillons humides de terre gorgée d'engrais, elle peut recueillir la semence, féconder... de son regard j'appris qu'on peut faire halte, se reposer à l'ombre d'un thorax, arbre, protégée de la chaleur caniculaire entre des bras, branches... de ses lèvres muettes j'appris qu'on peut écouter le silence, chant léger comme un fil de soie qui se dénoue à l'horizon, qui fend les cent et cent et cent voûtes du ciel, dessin insondable d'un vol d'ailes... du battement de ses tempes j'appris le battement de mon pouls, courant souterrain qui entraîne les pensées persistantes, les souvenirs, vers une mer invisible qui attend derrière la nuit... de ses doigts j'appris les chemins ensoleillés de mes nerfs, le dessin secret, intelligible de mes veines... dans ses yeux je lus mon corps, champ de vert profond vert de seigle à l'infini champ de blé d'or et de coquelicots rouges... le rouge du sang... sang rouge, le rouge de la joie le vert du seigle vert profondeur de paix... de sa respiration paisible j'appris qu'on peut s'arrêter, ne pas toujours courir, mais faire halte et dessiner sur le sable des émotions, des cercles et des lignes et des carrés... faire halte et méditer, temps de dire temps d'écouter temps de regarder et de se taire de savourer entre ses lèvres le givre frais des minutes les gouttes des minutes qui se dilatent en eaux infinies en longs sons insolites en fleurs blanches sans contours le blanc velouté des minutes, la caresse blanche et douce des minutes, sûr phare de port dans la mer noire et tempétueuse du temps.

Je n'eus plus froid ni peur... par bonheur il est venu... il ne s'est pas fâché...

« Bonjour, madame, comment allez-vous ? Pourquoi donc ces yeux de petite fille apeurée ? Qu'y a-t-il ? Vous ne voulez pas le dire ? »

« Oh, rien… sauf que si je ne vous vois pas, ne serait-ce qu'un seul jour, j'ai toujours peur que vous ne veniez plus. »

« Eh oui, je le sais, madame. Mais ne vous inquiétez pas, nous ferons disparaître cette peur, mais il faut que nous en parlions. Beaucoup de choses déjà se sont éclairées en vous, mais cela ne suffit pas et savez-vous pourquoi ? Parce que vous vous êtes attachée à cette peur, vous la connaissez et au fond vous préféreriez que cette peur se révèle fondée, se découvre être réalité, autrement dit : que votre pressentiment de me perdre se réalise et ainsi, délivrée de moi qui vous donne une sécurité que vous ne connaissez pas, et dont vous craignez donc qu'elle puisse cacher, être source de douleurs différentes inconnues de vous et donc effrayantes du fait même de leur nouveauté, comme je vous disais vous préféreriez souffrir des souffrances que vous avez expérimentées et que vous savez donc pouvoir en quelque façon dominer, vaincre ou du moins pouvoir contrôler. Vous devez prendre conscience que les morts, la folie de votre mère, que vous avez perçus comme des abandons, sont des choses du passé que vous voulez faire revivre dans ma personne. Vous avez subi trop de pertes, vous avez assisté à trop de morts, et pour survivre vous ne vous en êtes plus – avec raison – remise à personne. Mais maintenant cette défense ancienne ne vous est plus d'aucune utilité, il faut que vous l'abandonniez, vous devez prendre conscience que tout et particulièrement moi ne sommes pas marqués par le destin – le destin n'existe pas, nous le créons nous-mêmes – nous n'allons pas tous uniquement vers la folie ou vers la mort… amenez cela à la lumière, madame. »

« Oui, je comprends, mais parfois j'ai encore un peu peur. » Je savais ce qu'il allait me dire, mais pour le lui entendre dire encore, je répétai j'ai peur, et j'attendais tranquillement ces mots qui entraient dans mon sang apaisé comme une mélodie connue depuis toujours, peut-être avant même de naître…

« Vous ne devez pas avoir peur, je viens toujours, vous voyez ? Et je viendrai jusqu'à ce que vous n'ayez plus peur de perdre quiconque, je vous donnerai la conscience de vous-même, la conscience qu'aujourd'hui vous êtes adulte et que vous n'avez pas tout ce besoin des autres que vous imaginez avoir. »

Et je n'eus plus froid ni peur.

31

« Vous ne dites rien ? »

« Que dois-je dire ? Si vous pensez que c'est bien ainsi, que dois-je dire ? »

« Je le savais et je me suis décidé à prendre aussi Citto comme patient, non tant parce qu'il a beaucoup insisté mais surtout pour voir, pour constater votre réaction, dont je savais qu'elle serait passive. »

« Comment, passive ? »

« Oui, passive. Est-ce possible, pas une protestation, pas un mouvement de jalousie ? Cela n'est pas sain, madame, vous vous mettez de côté comme si vous ne vouliez pas exister, vous pensez que c'est un choix de votre intelligence et en fait ce n'est que la vieille peur de prendre la place de vos frères... vous vous nourrissez de pois chiches, vous avez toujours trop subi les exigences de Citto, et cela non pas parce que vous l'aimez mais parce que, comme je vous l'ai dit, comme vos rêves nous l'ont confirmé, étant la dernière-née, vous avez le constant remords de prendre la place des autres. Vous rendez-vous compte que Citto, dans vos émotions inconscientes, est votre frère ? »

« Bien sûr, et je ne vois pas là tout le mal que vous dites, et si Citto comme vous me le dites a des problèmes très graves et qui pourraient s'aggraver avec le temps, le détruire, je sais que vous pouvez l'aider ; et vu que Citto ne veut aller chez personne d'autre et... écoutez, docteur, j'essaie de comprendre ce que vous me dites mais je ne trouve aucune raison non seulement dans mes émotions, comme vous dites, mais aussi dans mon intelligence, qui puisse me pousser à cette rébellion... pourquoi devrais-je me révolter ? Je suis quelqu'un de... pardonnez-moi ce terme passé de mode : quelqu'un de moral, docteur, je veux le bien de Citto comme je veux le mien, et puis, c'est vous qui avez déclaré le premier que vous pouviez nous soigner tous les deux, que vous l'avez fait d'autres fois avec des résultats satisfaisants, et alors pourquoi devrais-je... ? »

« Parce que vous devez prendre conscience que ce n'est pas naturel, que la façon dont vous acceptez tout, étant excessive, ne revient pas à être moral, mais à être terrorisé, à ne pas avoir conscience de soi-même. Votre manque d'agressivité est votre maladie. Vous devez vous laisser pousser les griffes, vous devez apprendre à vous battre, apprendre à vous faire valoir. Vous dites que vous êtes amoureuse de moi, mais pas un mot, pas une question sur ma femme, pas une protestation. Ce n'est pas normal, ce n'est pas naturel, c'est artificiel, ce n'est pas naturel. »

« Parce que selon vous nous vivons selon la nature ? Je vous aime ainsi et sentant que vous m'aimez, pourquoi devrais-je tuer les autres ? Vous avoir tout entier pour moi ? Excusez-moi, mais c'est justement ce comportement possessif que vous voulez faire passer pour naturel, pour sain, qui me paraît maladif et immoral. Et puis les mots "normal", "naturel", ne me plaisent pas, j'aime comme ça et en sentant que vous m'aimez aussi... » que disais-je ? Je n'avais jamais dit ce mot à un homme et j'avais même dit « en sentant que vous m'aimez »... qu'avais-je dit ? Mon égarement à ce mot inconnu qui s'était déversé de ma bouche avec une saveur si douce... lait et miel, m'étourdit. Je fermai les yeux, que disais-je ?... j'attendais, il allait sûrement protester, et au contraire : « Vous avez dit "je vous aime" ? Et aussi que moi, je vous aime ?... Vous savez que c'est la première fois que vous dites ce mot ? »... Oui, c'était la première fois et je ne devais plus le dire, mais une faim de cette douceur me fit ouvrir la bouche que je m'efforçais de tenir fermée et... que disais-je ?

« Oui, je vous aime... » à présent il allait sûrement protester, je n'osais ouvrir les yeux mais de ses mains il m'obligea à le regarder et je redis ce mot une, deux, trois... combien de fois ? Il enlevait la faim... je ne savais pas que le goût de lait et miel, miel et lait, miel et pain, le pain dans le lait enlevait la faim.

« Je vous aime, docteur, aidez-moi, ne me laissez jamais ! »... je vous aime, aidez-moi, ne me laissez jamais, que disais-je ? Pour vaincre cette faim je me détachai avec force de ses mains...

« Mais que faites-vous, vous pleurez ? Vous avez fait quelque chose de mal ? Allons, allons, redressez-vous... ce n'est pas un péché... » Je me redressai et le regardai, deux larmes firent dans ses yeux comme un lac limpide de ses prunelles *biunne*... je m'approchai pour boire à ce lac, eau et sel désaltéraient... eau et sel... le sel, sans le sel le corps meurt...

« Vous ne m'aviez jamais demandé de l'aide, madame... bon, j'ai été un peu saisi par l'émotion... c'est là un grand progrès. Oui, je vous aime, comme vous dites, mais je dois endiguer cet amour. Je veux vous donner le meilleur de moi-même, mon rôle de médecin, et je vous rendrai forte, je ferai en sorte que vos ongles poussent, je vous amènerai à griffer de vos ongles Citto et moi. Je vous guérirai et quand vous serez guérie vous comprendrez qu'on peut, ou mieux : qu'on doit vivre sans dépendre des autres. » Ne pas dépendre des autres... ne plus sentir cette chaleur que me communiquaient ses paumes... ne plus boire sa salive...

« J'ai peur, docteur. J'ai peur… »

« Encore la peur ? »… il riait à présent…

« Vous êtes vraiment une vilaine dépressive, comme diraient nos psychiatres qui croient en l'électricité. Vraiment une abandonnique endurcie. Allons, allons, n'ayez pas peur, vous le savez que quoi qu'il puisse arriver je ne vous laisserai jamais. J'attendrai que ce soit vous qui, lassée, me chassiez et me griffiez… allons, allons, voulons-nous, oui ou non, les faire pousser, ces griffes ? » Je ne vous laisserai jamais… personne ne me l'avait jamais dit, ni mon père ni ma mère ni… oui, peut-être avait-il raison… c'était là une peur ancienne qui réaffleurait en moi du fond de mon passé… « Il ne faut pas trop demander. »

« Il n'y a pas de différence entre toi et les autres… si je savais devoir te nourrir au détriment des autres enfants… je ne le ferais pas, au prix de te voir pâle et maigre comme les enfants de la cour. »

« Vous me donnez trop confiance, docteur. Comment pouvez-vous être si sûr ? Vous pourriez changer… tout le monde change… »

« Je ne change pas. »

« Vous pourriez mourir. »

« On ne meurt pas si on ne veut pas mourir. Vous avez peur parce que lorsque vous êtes née votre mère était presque âgée et… je vous semble tellement âgé moi aussi ? Je veux bien que vous m'identifiiez à votre mère, mais âgé, ça, non… secouez-vous, débarrassez-vous de ces peurs, regardez-moi bien, nous avons pratiquement le même âge… ne vous inquiétez pas, je n'ai aucune intention de mourir et je ne vous laisserai jamais. » Il avait raison… personne ne me l'avait jamais dit, rassurée, je me laissai bercer par cette phrase inconnue… par sa voix qui avait des intonations que je ne connaissais pas… il parlait… les rêves poursuivaient les nuits… ses mots la lumière du jour… il m'emmenait par la main dans les venelles sombres des symboles dessinés sur les murs de la nuit par la lune… c'était comme un langage étranger et pourtant connu depuis toujours, peu à peu ses mains chaudes se substituèrent à tout et à tous, entrèrent dans les sutures les plus reculées de mon corps… j'étais seule… suspendue dans l'obscurité, mais cette obscurité était chaude et parfumée, et des mains me tenaient étroitement. Bercée par le regard doré de soleil entre ses paumes de gardénia, par la blancheur sûre qui guidait, ouvrait un sentier dans les ombres du bois des rêves florissant d'arbres millénaires, de fleurs inconnues aux couleurs profondes comme du sang, au parfum souterrain, persistant de souvenirs séculaires… les rêves poursuivaient les nuits… sa voix chaude, la lumière, mon visage dans ses paumes, je n'avais plus peur. Mes lèvres s'étaient nourries à ce je t'aime dont je ne savais pas qu'on pouvait le prononcer sans honte et je le répétai je t'aime je t'aime je t'aime, je ne savais pas qu'on pouvait demander, ne me laisse jamais, ne me laisse jamais, ne me laisse jamais, de jour, de nuit seule sur le coussin chauffé par son visage je t'aime je t'aime je t'aime ne me laisse jamais ne me laisse jamais ne me laisse jamais et aussi son nom la nuit, le jour non, c'était mon médecin et il me vouvoyait.

32

... et il n'y eut plus ni hiver ni été ni froid ni chaleur caniculaire mais seulement cette nuit chaude de mi-août... je n'eus plus peur du silence ni du bruit ni de l'obscurité ni de la lumière dans ce cercle si vif de couleurs... l'arc-en-ciel ? qui se fondait jusqu'à devenir le noir profond d'une chaude nuit d'été sans étoiles scellée autour de moi par ses bras et ce fut toujours l'été :
    décembre
    janvier
    février
    mars
    avril
    mai
    juin

et en juin cette chaleur devint un feu, mes vêtements brûlaient, j'étouffais, le cou enserré dans une écharpe de braises. Je délaçai ma chemisette et « Je ne supporte pas les vêtements... J'ai chaud. »

« Je vois. Mais ce n'est pas la chaleur que vous percevez, madame. »

« Non, je le sais, mais j'ai honte... j'ai honte, mais quand vous me tenez dans vos bras j'ai envie de me déshabiller... »

« Il est inutile que vous luttiez ainsi... cela vous fait souffrir. Déshabillez-vous. Ce n'est rien, je vous dirai ce que renferme cette sensation que vous éprouvez. Ce n'est rien, ne luttez pas ainsi avec vous-même, nous devons venir à bout de cette honte. » En tremblant, j'enlevai ma chemisette, ma jupe, mes chaussures, ma culotte…

« Vous ne portez pas de sous-vêtements ni de soutien-gorge, je vois. »

« Non, jamais. »

« Eh oui. Ne pouvant dominer la honte de vous déshabiller, du moins vous restez nue au-dessous… » sa voix souriait ou tremblait ? je voulais le regarder pour voir, mais je n'osais pas… elle souriait ou tremblait ? Elle tremblait comme le sirocco tremble du sable africain qu'il vole au désert… ou était-ce moi qui avait trop marché dans les dunes de la Plaia et le sable m'était entré dans les oreilles dans les yeux dans la bouche ? Je ne pouvais le regarder, le soleil brûlait mes cils. Je m'étendis et fermai les yeux comme alors et comme alors le premier soleil se posa sur mes épaules, sur mon cou, sur ma poitrine… sous ses paumes de vent de canicule je découvrais que j'avais moi aussi des épaules un cou des seins la taille fine… ce vent tremblant de sable se refermait autour de ma taille, la contenait… j'ouvris les yeux mais je dus les refermer, le soleil me regardait…

« Savez-vous pourquoi vous avez ressenti le besoin de vous déshabiller ? » Je ne pouvais répondre, le sable me fermait la bouche, m'étouffait…

« Parce que vous voulez apprendre de moi si vous êtes bien faite, vous vous reposez la question que vous vous êtes posée enfant et à laquelle vous n'avez jamais eu de réponse, étant donné que votre mère, comme vous m'avez dit, ne vous a jamais vue nue, et cette absence de considération de votre corps vous apparaissait, dans vos émotions enfantines, comme une non-acceptation, de la part de votre mère, de votre corps. L'enfant a besoin de caresses, de sentir par les yeux et par les mains de sa mère qu'il est accepté, de plaire aussi corporellement. Vous voulez apprendre de moi comment vous êtes faite, vous vous reposez cette question et vous voulez entendre de moi la réponse, vous voulez être acceptée… » Qui sait pourquoi je pleurais, il me regardait et je me sentais pleine, d'une plénitude que je n'avais jamais éprouvée, pourquoi pleurais-je ? Et que disais-je en replongeant dans le vide de honte qui s'ouvrait autour de moi. Que disais-je ? J'entendis ma voix… c'était ma voix ? dire :

« Et comment suis-je faite ? »

« Très bien, je dirais que vous êtes très belle. » Qu'avait-il dit ? Précipitée dans le puits sans fond de la honte, je m'agrippai à lui pour ne pas tomber dans ce vide ou pour me cacher, qu'il ne me regarde plus ?

« Ne pleurez pas ainsi, ce n'est rien, il ne se passe rien. Ne vous effrayez pas, vous êtes très belle. Vous voyez, c'est vous qui ne savez pas comment vous êtes faite, vous avez peur d'être mal faite, voilà pourquoi quand un homme vous déshabille, comme vous me l'avez dit, vous vous glacez en ce que vous appelez honte ou frigidité et qui efface dans vos émotions toute attraction érotique, quelle qu'ait été la force avec laquelle vous l'éprouviez avant. Ce n'est pas de la honte ni de la frigidité, rassurez-vous, c'est juste la peur de ne pas être bien faite, de n'être pas acceptée comme vous n'avez pas été acceptée par votre mère. Et cela parce que, n'ayant pas été, dans votre enfance, regardée, caressée par votre mère, vous devez avoir soupçonné ou développé le fantasme, comme on dit, que vous étiez un monstre, un être difforme. Et pourquoi cela, le savez-vous ? Vous avez dû penser : si ma mère, qui m'aime, ne me caresse pas comme le font toutes les mamans avec leurs enfants, c'est certainement parce que je suis répugnante, difforme. Calmez-vous, madame, allons, ce n'est pas de la honte, ce que vous éprouvez, c'est la peur d'être un monstre, d'être difforme et peut-être aussi de ne pas exister charnellement »... Les paumes du soleil descendaient à présent de mes épaules à ma taille et cette chaleur dissolvait cette honte que j'éprouvais et je pus le regarder...

« Alors je vous plais même nue ? »

« Vous ne pouvez pas ne pas plaire, madame, vous êtes bien faite, rassurez-vous, vous êtes très belle. » Je le regardais et je n'avais pas honte, je sentais sous son regard que j'avais des bras des épaules des seins... je n'avais pas honte et je pouvais interroger et le regarder... maintenant son visage s'ouvrait devant moi, je pouvais lire les couleurs de ce visage, les ombres les prés les étendues de champs verts là-haut, là-haut vers la montagne, en bas la descente en terrasses du vert des vignes, plus bas, plus bas, jusqu'à ce que ce vert se fonde au vert plus sombre de la mer de septembre... maintenant ses éphélides étaient une chute de sable chaud, la dernière chaleur d'été retenue par le sable... la chaleur des derniers bains... la mer était déjà une mer d'hiver froide et dure mais en se roulant dans le sable on se réchauffait à cette dernière chaleur d'été qui persistait accrochée à la plage comme un souvenir un regret de canicule... maintenant ses cils étaient des bois d'ombre, ses cernes des grottes qui réfractaient le soleil du regard en verts sombres, verts tendres, gris, violets... sa bouche ouvrait un puits d'eau... eau de puits fraîche, et parfumée de profondeurs, une source surgie du fond de la lave d'il y avait mille et mille ans ? C'est pour cela sûrement qu'elle était si fraîche et parfumée de roche... je ne savais pas que la salive désaltérait... je n'eus plus soif.

33

… et je n'eus plus soif ni honte, il venait et quand le soleil du haut de sa plus grande hauteur dominait, incendiant l'air et les couleurs, je me déshabillais et à l'ombre de ses bras de tilleul je me protégeais de la chaleur et de la lumière…

« Qu'y a-t-il, madame ? Je vous ai fait quelque chose ? Eh, oui, il est inutile que vous le niiez, je dois vous avoir fait quelque chose si vous ne rêvez plus depuis déjà… combien de jours cela fait-il ? Voyons un peu. Ah, oui, bien quatre jours. Pourquoi me punissez-vous ? Vous savez qu'inconsciemment, quand vous croyez que je vous néglige ou que je vous gronde, vous ne rêvez pas ? C'est une façon comme une autre de me punir… allons, dites-moi, qu'est-ce que j'ai fait de si grave pour être puni de la sorte ? »

« Rien… sauf que j'ai rêvé et je vous l'ai caché et… »

« Vous me l'avez caché ? Et pourquoi ? C'est un rêve si terrible ? »

« Non, c'est que j'ai honte… je voulais vous le taire… mais je ne peux pas, je vous ai toujours tout dit et alors je me sens en faute, je crois, parce que je ne vous ai pas raconté ce rêve et alors il me tourmente, je le refais toutes les nuits depuis… eh oui, ce rêve revient me tourmenter, me reprocher ce que je sens comme une faute… »

« Et alors dites-le-moi, comme ça nous nous en libérons… Vous voyez comme nous avons avancé dans le travail ? Vous voyez comme vous commencez à lire dans vos émotions ? L'explication que vous vous êtes donnée et que vous me donnez maintenant à moi de votre sentiment de culpabilité parce que vous m'avez tu un rêve est parfaite. Sauf qu'en cela aussi vous êtes victime de votre surmoi de façon excessive… je ne suis pas votre mère, madame, vous pouvez aussi ne pas me dire certaines choses… me les taire. Ainsi vous vous tourmentez inutilement… ce surmoi est vraiment implacable, voyons si nous arrivons à ne pas l'écouter au moins une fois. Ne me racontez pas ce rêve et vous verrez que moi, qui en cette occasion suis votre surmoi, je ne me fâcherai pas, ne vous gronderai pas, ne vous tuerai pas en vous ôtant mon affection et mon estime… ou je ne mourrai pas, je ne tomberai pas malade, je ne deviendrai pas fou même si pour une fois vous désobéissez. Allons, essayons de désobéir au moins une fois à ce surmoi intransigeant. Vous voyez, madame, quand vous dites que vous vous sentez en faute parce que vous n'avez pas fait votre devoir de me raconter un rêve, vous vous sentez en faute parce que l'enfant qui désobéit perçoit cette désobéissance à son père ou à sa mère comme un crime, ou mieux un rite magique qui peut tuer l'un de ses parents : voilà en quoi consiste le sentiment de culpabilité, il ne s'agit pas de devoir, etc. ; probablement, quand vous étiez enfant, chaque fois que vous aviez l'impression de désobéir à votre mère, vous pensiez que cela pouvait la tuer ou qu'elle allait vous abandonner. Et probablement quand votre mère est devenue folle, du fond de cette vision magique infantile, vous en avez inconsciemment endossé la faute, comme si ce rite magique d'autrefois s'était réalisé. C'est là en partie le sentiment de culpabilité qui vous a saisie, vous tourmentant, quand votre mère est morte, même si vous vous étiez occupée d'elle comme peu de filles le font. Donc, voulons-nous désobéir au moins une fois ? Ne me dites rien, racontez-moi plutôt… pourquoi vous assombrissez-vous ainsi ? Vous n'y arrivez pas ? Je le savais… »

« Je n'y arrive pas… il vaut mieux que je vous le raconte. Et puis je ne comprends pas pourquoi je dois avoir tellement honte de ce rêve, au fond, peut-être, est-ce une sotte chose naturelle et… eh bien, oui, j'ai rêvé que j'avais un enfant de vous. »

« Et c'est tout ? Mais vous savez que vous êtes vraiment imprévisible, vous me racontez des choses que tout le monde a honte de raconter, en général, et puis… mais que faites-vous ? Pourquoi vous cachez-vous ainsi contre le mur, allons, venez, ne me punissez pas maintenant en vous cachant, en plus, vous savez que j'aime vous regarder, allons… »

« C'est que, ce n'est pas qu'un rêve, c'est que dans la réalité aussi… docteur, donnez-moi un enfant… » Je ne sais pourquoi je m'étais détachée avec force de ses bras ou pourquoi pour ne pas le regarder je fixai la lumière éblouissante de la fenêtre, ma peau et mes yeux brûlaient, calcinés par ces lames de feu… le soleil était haut…

« Bien, c'est là un rêve positif, confirmé par une émotion positive que vous avez à mon égard. Cela nous dit que vous commencez à prendre conscience d'exister et donc, puisque vous existez, de pouvoir enfanter, nourrir. Mais ce désir d'enfant que vous sentez est un symbole, vous ne désirez pas un enfant de moi, biologiquement, disons, vous commencez à sentir que notre travail psychanalytique est en train de porter ses fruits et vous voudriez accélérer le moment où ces fruits viendront à la lumière. Vous ne désirez pas un enfant charnel mais un enfant, disons, eh bien, oui, c'est un peu ridicule à dire, mais évident, vous désirez de moi un enfant psychanalytique… et que faites-vous maintenant, vous pleurez ? Comment, vous commencez à vivre, à avoir des réactions saines et vous pleurez ? »

« Mais je… »

« Non, madame, c'est comme je vous le dis, vous verrez. Et puis vous ne supporteriez pas de moi l'acte complet... vous voudriez... mais nous ne devons pas nous laisser induire en erreur par votre désir, qui, s'il est positif à un niveau, à un autre niveau plus profond cache votre peur de guérir et donc de me faire faire un acte qui pourrait vous dégoûter et qui vous permettrait de me chasser et de revenir à votre maladie, que, même si vous ne le savez pas, vous désirez encore... Vous n'êtes pas encore guérie. Et savez-vous comment s'appelle ce mécanisme inconscient ? Fuite dans la guérison. Oui, pour m'échapper, à présent que vous commencez à percevoir que vous allez mieux et voyez donc sans espoir la perte de cette maladie qui, même si elle vous faisait souffrir, était votre façon d'être, que vous craignez de ne pas pouvoir remplacer par une autre façon d'être, – vous faites une dernière tentative de fuite en faisant semblant d'être guérie. Oui, fuite dans la guérison. Non, madame, vous ne supporteriez pas de moi l'acte complet. Je veux vous guérir, je veux vous donner ma meilleure part, ma part de médecin et vous verrez que quand cette guérison viendra vous pourrez avoir de n'importe quel homme ce que vous ne supporteriez pas de moi, et des enfants aussi... n'importe quel homme pourra vous donner... » n'importe quel homme ?... ces mots brûlaient plus que le soleil, ils m'écorchaient la peau... n'importe quel homme ?... je voulais échapper à cette brûlure...

« Allons, ne vous échappez pas, maintenant que nous avons démasqué votre fuite dans la guérison, et vu que c'était une vraie fuite, venez ici, calmez-vous, je sais que c'est une frustration pour vous mais essayez de comprendre, je ne vous ai pas abandonnée en vous disant cela, au contraire je vous protège et vous suis plus proche qu'avant.

« Il faut que je vous protège de vous-même et de moi-même, venez, essayez de comprendre, vous voyez ? Je vous tiens dans mes bras et je ne vous abandonne pas... » Dans ses bras, les feuilles de tilleul éloignèrent le soleil, la lumière, ses paumes de givre calmèrent la brûlure de mon cou, de mes bras, de ma poitrine, ma poitrine s'ouvrait à cette fraîcheur qui descendait sur moi, vent de mer frais qui dissout les grumeaux noirs assoiffés d'une nuit de mi-août sans étoiles et il n'y eut plus ni chaleur étouffante ni canicule en ce mois de
     juin
     juillet
     août
     septembre.

En octobre, avec Citto, nous allâmes en voiture parcourir les Pouilles, que nous ne connaissions pas. Citto ne dormait plus chez moi, mais nous nous voyions toujours, et pendant quatre jours nous parcourûmes les plaines dansantes de soleil chaud et d'oliviers assoiffés dans les derniers râles d'agonie de cet été embrasé, condamné à mort, qui ne voulait pas mourir, mais je portais avec moi une calme nuit de mi-août bercée par le souffle frais de la mer parfumée de moût et de sel.

34

... les yeux aveuglés par les cris d'agonie de ce soleil condamné à mort râlant au milieu des oliviers agités de violentes secousses par une soif prolongée, tendus vers le ciel, à implorer la tempête de cette mort libératrice... mort par l'eau, mort désaltérante... eau, sang de ce soleil condamné... j'entrai dans cette pièce pleine de lumière, avec assurance, bientôt le vent de mer nocturne parfumé de sel et de moût allait ouvrir la porte, il n'y avait qu'à attendre, bientôt cette fraîcheur allait calmer les sillons desséchés que la canicule avait ouverts dans la terre. Il n'y avait qu'à attendre... voici qu'il frappait déjà à la porte... et l'hiver vient frapper, vient frapper à ta porte, veux-tu savoir ce qu'il t'apporte, une corbeille de... qui avait allumé la lampe? Pourquoi avait-il allumé la lumière? Dehors il y avait encore le soleil et dans le cercle net tracé par la lampe je vis... je voulais bouger, m'approcher, mais cette lumière qui avait jailli, brusque, révélatrice, me liait au sol, ou étaient-ce des racines qui sortaient du sol et grimpaient sur mes chevilles, s'enroulant jusqu'aux genoux? Pourquoi avait-il allumé la lumière? Dans cette lumière, qui tombait d'en haut, les yeux *biunni* étaient maintenant deux cavités noires sans fond creusées dans la roche, orbites vides. Qui lui avait aspiré la couleur et les yeux? Une coulée de lave? Le géant s'était éveillé et avait murmuré, ces orbites, la bouche contractée, oxydée par la lave, vomissait du vide, une voix souterraine salive du magma pétrifié il y avait mille et mille et mille ans, sur des coulées et des coulées stratifiées de siècles...

« Que faites-vous là plantée ? »

« Mais docteur, que s'est-il passé ? »

« Ne commençons pas avec les questions. Que voulez-vous qu'il se soit passé. Rien ne s'est passé. Arrêtez plutôt de vous occuper de moi, c'est moi qui dois m'occuper de vous. C'est vous la patiente. Arrêtez ! » M'arrachant au moins les bras des racines qui me liaient au sol et suçaient mon sang, me vidaient les veines, je voulus tomber. Mais la lumière me tirait par les cheveux, me tirait vers le haut et mon sang coulait déjà aspiré… je ne pouvais tomber ni… avec les mains j'essayai de saisir… peut-être était-ce un masque… peut-être pouvais-je lui arracher ce masque que quelqu'un lui avait collé au visage…

« Docteur… qu'avez-vous ? »

« Vous plutôt, qu'y a-t-il encore ? » ce masque était dur… des mains dures me repoussèrent, je voulais tomber, mais je ne pouvais pas, mes veines vidées, de fer maintenant, me tenaient droite en une morsure, je pus seulement dire… je crois…

« Excusez-moi, docteur… peut-être est-ce seulement l'émotion de vous revoir après si longtemps… »

« Mais quoi, longtemps ! Quel si longtemps. Ça ne fait que quatre jours. Réveillez-vous ! Il est temps d'en finir avec ces simagrées de petite fille gâtée. Arrêtez de vous agripper ainsi comme une petite fille gâtée. Après deux ans et demi d'analyse vous en êtes encore à ce point-là. Il est temps d'en finir. À partir de demain, trois fois par semaine et dans mon cabinet. »

« Mais docteur… je, je… voulais depuis toujours venir à votre cabinet… c'est vous… vous disiez que puisque nous avions commencé ici… »

« C'est moi qui ai dit ! C'est moi qui ai dit ! Est-il possible que ce soient toujours les autres qui aient dit ? Et vous ? Est-il possible que vous vous fassiez toujours ballotter… et même s'il en était ainsi ? Ça suffit maintenant. Je sais ce que je fais. »

« Mais qu'est-il arrivé ? »

« Je vous ai dit d'arrêter de vous occuper de moi et de vous comporter comme une petite fille gâtée. Vous êtes une mal élevée. Au revoir et à partir de demain, les lundi, mercredi et vendredi à seize heures à mon cabinet. Au revoir »… Nourries de mon sang, les racines poussaient, elles s'entortillaient maintenant à mes genoux, plus haut, en spirales, à la taille, ligotant mes bras mes hanches mes poignets et mes doigts, je voulais tomber mais les racines montaient jusqu'à mon cou, je voulais crier mais des racines bâillonnaient ma bouche, je voulais ouvrir les yeux mais des racines humides de mousse muraient maintenant mes paupières… je ne le vis plus, j'entendis qu'il descendait l'escalier… il courait… avant il descendait doucement, sans bruit… il claqua la porte… avant il la refermait avec douceur sans faire de bruit, enfermée dans cet arbre planté avec des racines inextricables dans le sol… qui poussait enroulé à mon corps ou était-ce moi l'arbre, était-ce moi qui grandissais ? De mes mains je touchais déjà le plafond, cet arbre pousserait jusqu'à ce que je finisse étouffée par les murs qui pressaient déjà contre ma poitrine, contre mon dos, j'allais rester encastrée entre ces quatre murs de bois qui déjà venaient toucher mon front avec un son dur et sourd de cercueil…

35

… dans le cercueil ligotée par cent racines les quatre parois sombres de bois m'écrasaient le front, la bouche… il fallait que je tombe…

« Non, Iuzza, non, reste tranquille, comme ça tu vas t'arracher les veines, je t'en prie, reste tranquille… »… il ne fallait pas que je tombe il fallait que je reste tranquille… le couvercle s'abaissait de plus en plus sur ma bouche, il avait une odeur de terre et de mousse… non, c'étaient des cheveux et des larmes qui me descendaient sur le visage… « Cours, cours, Carlo !… » « Crie, crie, Iuzza ! Crie, ça te fera du bien ! Crie, ça va t'aider !… »… non, ce n'était pas Carlo…

« Crie, crie, Iuzza, ça te fait du bien, mais ne bouge pas… ce ne sont pas des racines, Iuzza… ce n'est rien, c'est une perfusion, ce n'est rien… » ce n'était pas Carlo, c'était Citto, à présent qu'il soulevait la tête, je le voyais… sur son visage la lumière sanglotait secouée par l'agonie éblouissante de ce soleil condamné à mort qui ne voulait pas mourir… la lumière cognait aux murs agonisante… des cris cognaient derrière les murs derrière les portes de ce cercueil qui s'était ouvert tout grand autour de moi décloué par les pleurs de Citto ?… Qui criait ainsi ? C'étaient des cris légers de verre blanc sur lequel on frappait… c'était Libero qui faisait de la musique avec les verres ? Non, c'étaient les cris de Mariuccia… elle criait ainsi dans les bras de Nica…

« Citto, il est né ? Où est-il ? Pourquoi est-ce qu'on ne me le montre pas ? C'est une petite fille ? » Citto se penchait sur moi maintenant et pleurait… encore ces larmes… pourquoi pleurait-il si j'avais eu un enfant ? « Mais Iuzza, oui, tu es dans une maternité… nous t'avons amenée là… c'était dangereux de t'amener dans un hôpital psychiatrique. » Il parlait et pleurait, je ne comprenais pas ce qu'il disait… il pleurait comme… j'avais été folle une nouvelle fois ? Non, je n'avais pas été folle… je n'avais pas eu d'enfant… j'avais vu un masque aux yeux vides et de ces orbites et cavités sans fond sortaient des serpents grouillant sur les tempes souillées… ce n'était pas la première fois que je voyais ces serpents d'obsession, où les avais-je vus ? Il y avait cent, deux cents ans, ou hier ? Non, je n'avais pas été folle, je n'avais pas eu d'enfant, j'avais essayé de mourir et cette fois véritablement… je me souvins comme je l'avais voulu…

« Comment m'a-t-on trouvée ? »

« C'est moi qui t'ai trouvée, Iuzza, je devais partir et puis j'ai changé d'idée et je suis passé te dire bonjour… je croyais que tu dormais, tu semblais si tranquille, mais après je me suis inquiété, tu ne dors jamais l'après-midi, et en plus c'était huit heures du soir… » Lui encore, lui encore qui dormait toujours profondément sans s'éveiller jamais… qui était en retard aux rendez-vous et parfois n'y venait pas du tout… il téléphonait…. Sa voix au téléphone. « Excuse-moi, Uccettino, mais vraiment je ne peux pas me libérer, je ne peux vraiment pas »… lui qui dormait toujours profondément… cette nuit-là aussi il entendit que j'allumais la lumière et « Iuzza, que fais-tu, tu écris ? »

« Oui. »

« Un poème ? »

« Oui. »

« Bien »… oui, une fois encore il s'était éveillé et me regardait maintenant en souriant… l'enfant qui était né devait sûrement avoir ses yeux…

« Citto. »

« Dis-moi »… je ne pouvais parler, je voulais lui demander : donne-moi un enfant, mais comment aurais-je pu ? Comment pouvais-je lui demander un enfant si j'aimais son père et si Citto le soupçonnait… il était en traitement lui aussi… le transfert paternel, avait-il dit… il pouvait… un trauma… se briser… devenir fou ?

« Dis-moi, Iuzza… » Il fallait que je me taise, il était clair que je n'avais rien dit, il était en traitement et cet homme était un médecin…

« Rien, Citto, seulement merci. »

36

… et j'espérai… si cet homme, qui était aussi un médecin, avait dit que ma maladie était due à la folie de ma mère et que je faisais sur lui un transfert maternel… si je l'avais vu fou, dans mes émotions peut-être, et pour cela avais voulu mourir, alors, quelque chose aurait dû changer à présent. J'espérai en moi-même ne pas désirer qu'il vienne, je cherchai en moi-même un brin de haine ou de transfert négatif, comme ils disent, ou d'indifférence, j'espérai, mais… « Madame, je vous laisse aux mains de votre médecin. » « Madame, maintenant je vous laisse en de bonnes mains… voici votre médecin. » Il entra et l'espoir disparut, absorbé par ses traits recomposés. Ses yeux avaient la lumière blonde d'autrefois, sauf qu'elle était maintenant agitée comme le blé ondulant sous le vent… des vagues hautes comme lorsque la mer s'éveille… mais de petits serpents s'agitaient dans l'ombre de ses cernes, à ses veines, à ses tempes secouées par ce serpent, par l'obsession que je connaissais… je connaissais ce serpent d'obsession qui dort dans nos veines et qui peut toujours se réveiller. Et malgré cela… pas de haine, pas de répulsion, pas d'indifférence, je voulais seulement caresser de mes mains ces serpents qui s'étaient réveillés en lui, de mes mains les rendormir et revenir à l'ombre paisible et fraîche de ses bras de tilleul… épouvantée, je fermai les yeux, par bonheur mon bras attaché par le tuyau de la perfusion m'empêchait de bouger… les yeux fermés, je voyais dans son regard qu'il allait me repousser avec des mains dures…

« C'est ma faute, madame. J'ai eu des problèmes. Mais nous parlerons de cela en son temps. Vous n'y êtes pour rien, c'est une dynamique à moi que je dois suivre. Ma faute a été de sous-évaluer la puissance de votre mère. Souvenez-vous : il n'existe pas de suicides, mais seulement des assassinats, et encore une fois c'est votre mère qui a tenté de vous rappeler à elle et cette fois elle y est presque parvenue. On vous l'a dit qu'elle y était presque parvenue ? Souvenez-vous : huit heures de coma. On vous a sauvée par miracle. Cela ne vous fait pas peur d'y penser ? »

« Non. Et ça n'a pas été par miracle, pourquoi utilisez-vous ce mot ? Vous ne l'utilisiez jamais auparavant. Ç'a été Citto. »

« Laissons. Il faudra que par la suite nous parlions de cette absence de peur qui est la vôtre, cela n'est pas normal. Reposez-vous à présent et pensez-y. Quand vous sortirez d'ici nous continuerons les séances. »

« Si vous voulez, je peux venir chez vous. »

« Où voulez-vous venir ? Ne voyez-vous pas dans quel état vous vous êtes mise ? Je viendrai, moi, et nous parlerons de tout. Cette absence de peur de ce que vous avez fait n'est pas saine… nous en parlerons. »

Et nous en parlâmes… « Je suis très content que vous ayez voulu sortir si vite de cette clinique, madame, c'est là un signe positif… vous tendez, inconsciemment, à suivre votre mère, à devenir folle comme elle ou du moins à la rejoindre. Mais je vous enlèverai votre mère de sous le coussin. »

Et nous en parlâmes…

« Voyez-vous, madame, quand vous êtes saisie par la dépression, je vous l'ai dit et je vous le répète, c'est parce que vous voulez inconsciemment retourner dans le sein de votre mère… prenez-en conscience. Votre côté sain vous a poussée à sortir vite de la clinique mais maintenant vous la désirez, vous désireriez y retourner parce que la clinique est votre mère... c'est pour cela que depuis que vous êtes sortie cette dépression ne vous a pas lâchée un moment. Quelle position prenez-vous quand vous êtes déprimée?... Eh oui, vous voyez, c'est la position de l'enfant dans le sein maternel. Vous avez mangé votre mère, mais je vous la ferai vomir. »

Et nous en parlâmes...

« Vous voyez, madame, j'ai eu des problèmes. Je ne suis pas devenu fou comme vous l'avez cru, ni ne vous ai abandonnée, au contraire, je suis aujourd'hui plus proche de vous qu'auparavant. Seulement, je dois tout revoir de moi. Il faut revenir au premier Freud. Ma crise, et je dois vous le dire pour que vous compreniez et sortiez de cet état d'abandon qui désormais, depuis que vous êtes sortie de clinique, ne vous lâche plus, est venu de ce que... vous voyez, j'ai découvert que depuis des années mon maître a l'habitude d'aller au lit avec ses patientes... beaucoup de choses sont apparues. Il appelle cette méthode de cure à lui "les travaux pratiques"... nous sommes en train d'entreprendre une action contre lui... vous comprenez que cela m'a un peu, comment dire, déboussolé... j'ai également compris, en m'analysant, que j'ai subi une autorité qui m'a amené à me trahir moi-même... ils m'ont marié parce que, selon eux, il est mieux qu'un médecin soit marié... j'avais seulement une liaison, et, à propos, à partir du mois prochain je change d'adresse. Voici mon nouveau numéro, j'ai quitté ma femme. »

« Vous aviez seulement une liaison? Docteur, pourquoi utilisez-vous ce mot affreux? Vous avez été amoureux de votre femme, j'espère. »

« L'amour n'existe pas... tous ces sentiments sont des excréments dont nous héritons... nous en parlerons par la suite. »

Et nous en parlâmes...

« Vous tendez à la mort et à la folie… on ne se tue pas parce qu'on perd un amour… à part que vous n'avez pas perdu mon amour, comme vous dites, c'est juste là un sentiment que je dois endiguer, je veux vous donner la meilleure part de moi-même, ma part de médecin. Comme je vous le disais : un organisme sain, quand il perd un amour, doit, tout au plus, être un peu triste, tout au plus, pas davantage… l'amour entendu comme ça, ce sont des excréments… il faut que nous nous débarrassions de tous ces excréments. »

Et nous en parlâmes…

« Il n'existe pas de suicides mais seulement des assassinats. Vous êtes sous l'emprise de votre mère… et vous me faites du mal à moi aussi… vous me mettez en contact avec l'agressivité de votre mère… avec la haine pour les hommes que votre mère vous a inculquée… vous m'enlevez la possibilité de penser… vous me pressez comme un citron… il faut que vous vomissiez votre mère, madame… je vous la ferai vomir. »

Et nous en parlâmes…

« Vous devez devenir une personne autonome. Il faut que vous preniez conscience que vous n'avez besoin ni de moi ni de Citto… comme ça vous êtes un sac… ce n'est pas possible de continuer comme ça. Vous le voyez ? Vous vous rendez compte que, comme un sac, si vous me voyez, vous vous remplissez, et quand vous ne me voyez pas vous vous videz ? Il faut que vous deveniez une personne autonome… »

Et nous en parlâmes…

Et ces mots ouvrirent un gouffre devant moi et je compris comme est difficile l'art de ne plus espérer… le plus difficile des arts… et avec cet espoir de papier de soie mort replié dans ma poitrine, qui vibrait comme une feuille sèche à chaque regard, à peine un peu, plus comme avant, à chaque mouvement de ses mains, à peine un peu, plus comme avant…

37

… J'essayai d'apprendre l'art de ne plus espérer et nous en parlâmes… une bête sauvage était née dans mon sang et courait en hurlant dans mes veines… comment pouvais-je l'arrêter ? M'arrêter ? Elle m'entraînait dans sa course d'animal aveuglé, me cognant aux murs de la chambre devenue toute petite afin de contenir cette course. Une cage. Et dans cette cage j'attendais la cravache de son regard qui fouettait cette bête en la poursuivant des poignets à la poitrine, aux chevilles. Où aller ? J'étais désormais liée à la fuite de cette bête qui était née à l'intérieur de moi. Je devais la suivre dans sa course aveugle sur des escarpements entre rochers et sable brûlant. Elle mourrait épuisée par sa propre course ? Je mourrais avec elle ? Il n'y avait qu'à attendre et la suivre sur les bords de précipices… je tomberais avec elle dans ce ravin de rochers éblouissants dénudés par ce regard de soleil effilé comme une lame blanche qui harcelait sans répit ? Mais lui aussi fuyait poursuivi par son regard de verre, il fuyait et se cognait et ses mains maintenant secouées de spasmes étaient agitées par la même fureur. Il fallait que je résiste. Et cette fuite provoquée en lui et en moi par la cravache de son propre regard le réduisait au silence… maintenant il ne lisait plus dans les rêves… il ne regardait pas… son regard courait dans la pièce en cognant aux murs la fenêtre. Il venait toujours et restait muet. Je parlais dans le silence, j'allais tomber dans le vide. Je parlais mais la source des rêves toujours identiques s'était asséchée dans les nuits toujours identiques, immobiles, sans vent ni pluie. Source asséchée par une nuit aride de miroirs déformants. Une nuit de veille sans fin de miroirs déformants. Par peur du silence qui pouvait me faire tomber dans le sommeil et dans le sommeil je pouvais être précipitée dans ce gouffre que ses mots avaient ouvert béant devant moi... Il restait là muet... dans le silence j'allais être engloutie et je commençai à inventer des rêves jusqu'à ce que... « Docteur, j'ai rêvé que... », seul vrai rêve dans cet hiver de veille...

38

... « J'ai rêvé que je parlais avec vous dans cette pièce, vous étiez assis comme maintenant sur le divan et au fur et à mesure que nous parlions votre visage se recouvrait d'un masque de velours noir qui faisait de vos expressions, pendant que vous m'écoutiez, des grimaces stylisées et sinistres, puis tout doucement ce masque se transformait en un casque de fer-blanc... vous savez, comme celui des marionnettes... je vous demandais encore quelque chose et sans répondre vous baissiez la tête et je voyais avec horreur qu'à la place du cerveau vous aviez un trou noir sans fond, c'était tout vide à l'intérieur, un crâne de fer-blanc vide... » un silence et puis...

« C'est un rêve très important, mais maintenant je ne peux rien vous dire. J'ai besoin de bien y réfléchir... Vous travaillez ? »

« Oui, je prends des notes. Je voudrais écrire un roman... »

« Bien. Je vous laisse à votre travail. Nous nous verrons dans dix jours. »

Il sortit et revint au bout de dix jours... j'apprenais l'art difficile de ne plus espérer et je m'ensevelis dans cet espoir qui mourait entre notes et notes... Il revint au bout de dix jours avec une femme qu'il fit attendre dans la pièce où Citto dormait autrefois... nous montâmes l'escalier...

« Comment va le travail ? »

« Pas très bien... je me bats... je n'ai jamais écrit un roman et... »

« Bien. Écoutez, madame, j'ai beaucoup pensé à votre rêve et il me semble clair, à la lecture attentive de ses détails, que vous percevez notre rapport psychanalytique comme seulement formel, c'est ce que nous dit le masque stylisé de velours noir, vidé de tout contenu, cela, c'est ce que nous dit le vide dans mon crâne... vous me dites par ce rêve que notre rapport psychanalytique est terminé. »

« C'est vrai. »

« Bien. Alors je vous laisse à votre travail à présent. Mais par sûreté je vous ai amené une infirmière spécialisée, vous verrez, elle ne vous ennuiera absolument pas, elle est très intelligente et elle connaît plusieurs langues. Elle pourra aussi, si vous le voulez, vous servir de secrétaire. Pour les premiers mois du moins il faudra que vous ayez la patience de la supporter. Pour ces premiers mois, je me tiendrai en contact pour avoir de vos nouvelles... Citto est d'accord. »

« Bien. »

« Alors, au revoir pour l'instant et... bon travail »... Je ne sais si je répondis ou si je tombai par terre. Je ne sais pas. L'infirmière montait l'escalier et me souriait ? Elle s'appelait Giovanna... oui, elle souriait et parlait et riait fort... un rire éclatant qui réveille. Je la regardai bien. Que savait-elle ? Rien... à la façon dont elle bougeait et parlait on voyait qu'elle ne savait rien. Elle faisait son métier... Le soir, elle dormait sur le divan du sommeil léger des infirmières et elle donnait des nouvelles à cet homme, je devais faire attention, cet homme était aussi un médecin et avait Citto entre ses mains... Citto était entre ses mains... mains de médecin ?... cette femme souriait... vers qui me tourner ? Il n'y avait plus personne... chez qui aller ?... Citto était distant... je comprenais maintenant... distant, isolé par... les murs désertés. Nunzio, Nica, ma mère, mon père, cadavres découpés en morceaux, jetés dans le coffre... Titina, Haya,

Franca, Marilù, Tonello découpés vivants en morceaux, jetés dans le coffre. Moi aussi, je marchais, je bougeais mais j'étais en morceaux en un petit tas, sur le sol, au milieu de la pièce... où aller? Il fallait que je les voie, que j'aille les chercher, au moins que je parle d'eux, que j'appelle leurs noms qui autrefois évoquaient couleurs et parfums, émotions vivantes du passé, c'étaient eux qui amenaient mon présent à lire de nouveaux visages, à reconnaître le parfum de nouvelles rencontres... et une nuit me tournant dans l'obscurité de cette chambre désertée à la recherche de leurs souffles...

« Qu'y a-t-il, madame? Vous n'arrivez pas à dormir? Voulez-vous que nous parlions un peu... aujourd'hui dans le tram j'ai fait une rencontre... » elle parlait et sa voix était vivante... elle parlait de rencontres vivantes... le tram... c'était la première voix vivante après trois ans de murmures desséchés par la grêle de haine de la voix de cet homme... c'était de la haine, cette voix? Pourquoi ce mot s'était-il présenté à mon esprit? grêle de haine... c'était un médecin... que haïssait-il?... terrorisée, pour ne pas répondre à cette question, j'allumai la lumière... je voulais voir la bouche, le visage de cette voix chaude et vivante... je la vis, c'était un visage fort et doux. Et ce visage que le bistouri de ce médecin n'avait pas découpé me poussa à parler de Nica, de... Giovanna écoutait et par la curiosité et l'étonnement qui agitaient sa chair vivante en vagues d'émotions confuses, je vis derrière elle une foule de visages ignorés... une foule de nouveaux amis qui écouteraient comme Giovanna si seulement je savais raconter... j'étais comédienne... je savais encore raconter? Et ainsi pour avoir le courage d'ouvrir ce coffre plein de cadavres et de vivants en morceaux je me tournai vers vous et... Chers lecteurs, ce n'est pas pour vous importuner... je vous écrivis, à vous encore absents mais présents, regroupés en foule autour du visage de

Giovanna, tendu vers moi, ouvert à l'écoute... il fallait que je retrouve mon père, ma mère, Nunzio, Nica, mes frères, mes sœurs, il fallait que je les retrouve et les reconstruise dans une vie à eux de telle sorte que personne ne puisse plus... et dans la joie de la libération... dans la joie de rouvrir ce coffre et de réentendre leurs voix, de revoir leurs visages, de toucher leurs mains, de regarder la couleur de leurs yeux... dans cette joie de libération le papier de soie de l'espoir mort dans ma poitrine eut un petit sursaut... encore une fois j'espérai que peut-être ce médecin... n'était-il pas l'un des plus grands médecins d'Italie ? J'espérai que ce médecin avait peut-être eu raison, que peut-être, si j'avais été malade, maintenant j'étais guérie, et...

39

Pendant des mois je vécus avec eux et avec la joie de voir leurs traits, leurs membres se recomposer sur le papier et autour de moi... puis j'expédiai cette lettre que je vous avais écrite et je fus persuadée d'avoir retrouvé mon corps et mon passé... et j'allai à la mer... mais la mer était trop froide et salée pour mon corps sans peau. Avec terreur, je m'aperçus dans l'eau que je n'avais plus ni peau ni chair. Mes nerfs et mes veines dénudés vibraient douloureusement, griffés par le soleil trop fort. Non, je ne pouvais jouer ni avec la mer ni avec mon corps. Je cherchai dans les bras d'un très cher ami avec lequel une longue amitié, l'habitude de sa présence chaleureuse et sans vulgarité, la tendresse de se connaître de fond en comble s'approchaient presque d'une émotion amoureuse... j'essayai, mais je m'aperçus avec terreur que l'ancien nœud de pudeur, de peur et de haine comme l'appelait ce médecin, s'était ouvert en une plaie sanglante. Ce n'était pas seulement de la froideur, comme ça l'avait été autrefois, maintenant la vue de cette plaie suscitait dans mes sens dégoût et nausée et vomissements, quand des mains masculines me déshabillaient, et dans cette nuit de vomissements et de détresse je compris que ce médecin, en me démontant pièce par pièce, avait amené à la lumière des plaies anciennes cicatrisées par des compensations, comme il aurait dit, et les avait rouvertes, en fouillant dedans avec pinces et bistouri et qu'il n'avait pas su les guérir... je me rappelai sa hâte, sa grande hâte à refermer, à recoudre ces plaies à la va-vite, n'importe comment… et dans cette hâte spasmodique il avait oublié dedans quelques pinces. La poitrine et le ventre me faisaient mal… et Citto était entre ses mains… et comment se faisait-il que je n'éprouve pas un brin de haine pour cet homme ? Que pas un brin de transfert négatif, comme ils disent, ne puisse suivre la fin d'une analyse ? Pas un brin d'indifférence mais, de plus en plus insistante au fur et à mesure que les jours passaient, la nostalgie de cette pluie de sable qu'étaient ses éphélides, la nostalgie de ces paumes de sable chaud maintenant que la mer avait déjà la couleur de l'hiver, mer hivernale grise et dure ?… Je revins à Rome en pleine détresse, avec les nerfs et les veines à découvert qui faisaient mal au moindre léger souffle d'air, à la moindre ombre, à la moindre voix qui s'élevait autour de moi. Et Citto ? Citto aux mains de cet homme-là. Qui était cet homme ? J'attendais avec angoisse dans cette pièce sans bouger et quand les nuages du soupçon se coagulèrent dans la chape de plomb de la certitude d'un orage à l'horizon… Citto avait la couleur, la peau morte et sans lumière traversée par les vagues violettes de la détresse qu'imprimait ce bistouri… et :

« Citto, comment vas-tu ? »

« Oh, Iuzza, très mal. Je ne sais pas si j'ai raison de te le dire… mais de toute façon tu en es sortie, toi, tu as fini ton analyse… je ne pense pas que ça puisse te faire du mal de savoir… »

« Quoi ? »

« Eh bien, des choses à n'y pas croire, inimaginables, je n'arrive pas encore à le réaliser. Notre médecin a cessé d'exercer le métier, il ne croit plus à la psychanalyse… tu comprends ? Il dit à qui veut bien l'entendre que la psychologie elle-même n'existe pas, tu imagines ! Je suis un peu sens dessus dessous. Il m'a donné congé par une circulaire commune pour tous ses patients. Il n'a plus voulu me revoir. Il reste chez lui, barricadé, et quand, en colère, tu peux le comprendre, j'ai insisté, il m'a fait la grâce de me recevoir et m'a envoyé promener en des termes inconcevables. Naturellement je lui ai dit ce que je pensais, mais il ne s'est pas troublé et quand je lui ai demandé le nom d'un autre médecin il m'a donné le nom… d'un jeune freudien orthodoxe en disant : Ça ne sert absolument à rien, mais si vous insistez vraiment… » Il plaisantait… Citto plaisantait, mais sa peau était grise… il se sentait abandonné par son père ? Transfert paternel ?… il n'était plus en traitement… je ne sais pourquoi, mais je me sentis délivrée. J'attendis quelques jours, il ne semblait pas tellement abandonné, il était indigné et perplexe. Cela me donna du courage et… « Citto, je suis sortie du gouffre. Pour te le raconter ? Oui, mes cheveux sont devenus tout blancs, ma voix n'est plus qu'un murmure, mais si tu approches ton oreille de ma bouche peut-être parviendrai-je à me faire entendre de toi… » Et je racontai tout. Citto ne se troubla pas, ne s'effondra pas… qu'était-ce alors que cette histoire de transfert ?… il resta seulement stupéfait et libéré comme si mon récit avait dissous un amas de pressentiments qui lui obscurcissait la peau, et cette vitre fine qui depuis deux ans s'était dressée silencieusement entre nous, éloignant nos images, étouffant nos paroles, se brisa en se dispersant, absorbée par nos souffles maintenant mêlés l'un à l'autre et nous nous prîmes les mains comme autrefois… comme autrefois il me prit dans ses bras et me protégea et il fut mon compagnon mon père mon frère mon ami comme autrefois. C'était juste qu'il en soit ainsi. C'est ainsi que ce devait être.

40

Mais en dehors de l'étreinte de père frère ami de Citto la trame de mes nerfs et de mes veines mise à nu faisait mal à chaque souffle de vent, ombre, son, autour de moi, si faibles fussent-ils. Je ne pouvais ni dormir, ni rester éveillée, ni regarder, ni être regardée. Il fallait que je sache de quel métal était ce bistouri qui, en me découpant, brillait comme l'or. Il fallait que je sache. Il avait cessé d'exercer son métier… il ne croyait plus dans la psychanalyse… je lui écrivis une lettre pour savoir si j'avais fait une analyse ou quelque chose d'autre. Il ne répondit pas. J'attendis une semaine et ce soir-là j'allai frapper à la porte de son cabinet. La porte s'ouvrit, c'était lui, en chemise blanche, le visage plus blanc que sa chemise, il me fixa longuement avec des yeux de verre plus blancs que son visage. Cette blancheur m'éblouit… il me fixait… essayant de me dégager de cette blancheur… «Docteur… je…» Il me claqua la porte à la figure. Le bois résonna avec un bruit sourd de cercueil contre mon front. J'appuyai le visage et les mains à cette porte… il était fou… ce n'était pas moi qui l'avais vu fou… il était fou? Je ne pouvais bouger, les paumes grandes ouvertes clouées au bois de cette porte… Je ne devais pas tomber… je commençais à comprendre… l'ascenseur montait. Il avait sûrement appelé le concierge pour qu'il me chasse. En effet l'ascenseur s'arrêta à l'étage. Le concierge en uniforme, souriant ironiquement, s'approchait : «Vous désirez quelque chose, madame? Puis-je vous aider?»

«Oui, je cherche le docteur.»

« Il n'habite plus ici. Je vous en prie : je vous raccompagne. » Il me raccompagna en me surveillant avec un regard soupçonneux de policier et à la grille il attendit en souriant bouche fermée que je m'éloigne… je ne devais pas tomber… je me cognais aux murs, ou les murs tombaient entraînés par l'avalanche ? Je me cognais aux phares des voitures reflétant des lueurs de tempête… il faisait noir. Il fallait que je coure… ce policier me suivait… le couvre-feu était à huit heures… il fallait que je coure et je courus en retenant mon souffle, je courus… la porte d'entrée était ouverte. J'y étais arrivée, je pouvais aussi ne plus courir, je montai lentement les escaliers… Giovanna descendait les escaliers à toute allure… Pourquoi courait-elle ? J'y étais arrivée.

« Goliarda, pour l'amour de Dieu, que s'est-il passé ? Ce fou a téléphoné et m'a dit que tu étais derrière sa porte et m'a donné ce nom, tu te rends compte, le nom d'un psychanalyste… J'étais aussi stupéfaite que tu peux l'imaginer… mais je le lui ai dit, à ce fou. Je lui ai dit : mais docteur, si vous ne croyez plus en la psychanalyse… mais lui, d'un ton sec, comme si de rien n'était : "Je sais ce que je fais, Giovanna, allez, ne pose pas de questions et écris…" » je lus le nom, c'était le même nom que celui qu'il avait donné à Citto. Je déchirai le billet et : « Mais Goliarda, que fais-tu, tu pleures ? Tu es toute trempée… il pleut ? viens. » Elle me prit dans ses bras et m'emmena en haut… elle m'étendit sur le lit… ses mains petites et fortes, aux tendres poignets d'enfant, m'enlevaient maintenant mes chaussures… « Il faut que tu boives quelque chose de chaud, tu es toute glacée. » Elle guida de ses mains mes mains qui tenaient la tasse jusqu'à mes lèvres… je ne pouvais ouvrir la bouche, un goût amer me faisait serrer les dents… « Allez, bois… il faut juste avaler la première gorgée et puis ça passe. » Oui, ma bouche s'ouvrit et le liquide réchauffait. Mes lèvres se réchauffaient parce que le liquide était chaud et parfumé ou parce qu'elle me regardait de ses yeux brillants de châtaigne à peine sortie de sa gangue, dont la cupule verte et épineuse laissait transparaître de chaudes lueurs d'or et de marron... lueurs filtrant des feuilles d'un bois automnal?... je connaissais ces transparences, oui... Jane Giovanna... oui, c'était juste. C'est juste qu'il en soit ainsi, Giovanna Jane... Et ces yeux qui me regardaient, comme Jane m'avait regardée, étaient des yeux de mère, de sœur, d'amie. Oui, c'était juste ainsi, et Giovanna fut ma mère ma sœur mon amie... c'est juste ainsi. Parviendrai-je, moi, à être pour elle sa mère, sa sœur, son amie? Réapprendrai-je à être mère et fille, sœur et amie?

41

Il ne fallait pas que je tombe... ma chair repoussera-t-elle?... en ce soir de pluie lointain et présent... enfin un orage! Orage d'automne, de chaudes lumières filtrées par les branches dorées, et les feuilles brunes dans les yeux de Giovanna Jane... derrière ces yeux qui me tendaient un liquide chaud et parfumé qui rendait leur souplesse à mes lèvres j'entrevis d'autres yeux, d'autres visages d'amis toujours nouveaux et toujours connus, inconnus et connus, insoupçonnés depuis toujours et depuis toujours familiers... toujours nouveaux et toujours *sus*... qui écouteraient et je voulus parler, raconter, être réconfortée et guidée, et un peu honteuse de me présenter de nouveau à vous, si vite après cet au revoir si présomptueux et assuré, honteuse de me présenter de nouveau à vous, ainsi vêtue de vêtements de deuil... à la va-vite, en tremblant... m'écouteriez-vous encore? Je commençai cette lettre pour que vous m'aidiez à être amie, mère, sœur et pas seulement cela, mais aussi pour rentrer en possession du droit à ma propre mort que cet homme, dans son autorité de grand médecin, m'a enlevé. En effet, quand je me suis éveillée dans cette clinique j'ai lu le verdict dans les yeux des médecins, des infirmières, de Citto lui-même, dans mes yeux mêmes qui me fixaient du miroir avec un regard immobile, muet, éteint, inconnu de moi : elle s'est suicidée parce qu'elle est folle, et si elle l'a fait, étant soignée par l'un des plus grands médecins d'Italie, c'est que sa folie est inguérissable. Et après aussi, dehors, j'ai lu ce verdict, le verdict que ce médecin m'avait collé sur le front avec une étiquette, dans les yeux de mes amis et connaissances… maintenant il ne faut pas que je tombe, je ne peux ni mourir ni vivre si je ne rentre pas en possession de ce droit qui est le premier droit de l'homme et qu'aucune religion, aucune loi morale ou scientifique, ne peuvent lui enlever, et si pour ma mère n'existaient pas de suicides mais seulement des assassinats perpétrés par la société et pour ce médecin n'existaient pas de suicides mais seulement des assassinats perpétrés par le père et la mère… mais n'y a-t-il que cela ? Chaque personne a son secret qu'elle porte enfermé en elle depuis la naissance, secret de parfum de tilleul, de rose, de jasmin, parfum secret toujours différent, toujours nouveau, unique, sans pareil, secret d'empreintes digitales, dessin inexplicable toujours nouveau différent toujours unique sans pareil. Secret d'yeux bleus, écho du secret de l'espace, secret d'yeux noirs, écho du secret de la nuit, secret d'yeux gris, écho du secret du dessin de nuages toujours dissemblables, étrange secret d'yeux verts, écho du secret de profondeurs marines dansantes d'arbres de corail, arbres de sang ? Secret de sang pétrifié… chaque personne a son secret… ne violez pas ce secret, ne le disséquez pas, ne le cataloguez pas pour votre tranquillité, par peur de percevoir le parfum de votre secret inconnu de vous-même et pour vous-même insondable, que vous portez enfermé en vous depuis votre naissance inconnu de vous-même et pour vous-même insondable. Chaque personne a son secret, chaque personne a sa mort dans la solitude… mort par le fer, mort par la douceur, mort par le feu, mort par l'eau, mort par satiété unique et sans pareille. Chaque personne a droit à son propre secret et à sa propre mort. Et comment puis-je vivre ou mourir si je ne rentre pas en possession de ce droit qui est le mien ? C'est pour cela que j'ai écrit, pour vous demander de me rendre ce droit… et quand, une fois fini ce travail de deuil et sous la charge de vêtements de robes de chaussures et de bas noirs, une chair fragile et forte, chaude et vulnérable au gel, qui assurément va repousser et réclamera, affamée, de l'air, de la lumière, des caresses, du pain… réclamera des chemins pour marcher… des voix à écouter… des visages à regarder, du vent de la pluie du soleil et de la fraîcheur – et si marchant dans le bois inconnu de la vie j'ai envie de courir et si je meurs épuisée par une course heureuse sous le soleil, contre le vent… si je meurs de la surprise de quelque nouveau visage-rencontre caché derrière un arbre en attente, si je meurs foudroyée par l'éclair de la joie, étouffée par une étreinte trop forte, noyée dans une tempête d'émotions entraînant vers une mer qui invisible attend derrière la nuit, si je meurs vidée de mon sang par les blessures ouvertes d'un amour perdu que rien n'aura pu refermer, si je meurs poignardée par la lame effilée d'un regard cruel, je vous demande seulement ceci : ne cherchez pas à vous expliquer ma mort, ne la disséquez pas, ne la cataloguez pas pour votre tranquillité, par peur de votre propre mort, mais tout au plus pensez – ne le dites pas fort, les mots trahissent – ne le dites pas fort, mais pensez en vous-même : elle est morte parce qu'elle a vécu.

« Avec terreur je me rendis compte que mes mains se détachaient de son visage. Un siècle était passé, mais il ne les avait pas enlevées. »

Ce livre a été imprimé en août 2023
par les imprimeries Corlet, France,
pour la collection Météores.

© Le Tripode 2023
Conception graphique de la collection : Oskar
ISBN : 978-2-37055-381-2 | d. l. : octobre 2023

M 49